Andrea Liebers • Erin Lee

AF532990

BAUM-GÖTTER-GESCHICHTEN

aus dem alten Indien

WORMS VERLAG

Edition Kimonade
© 2022 Worms Verlag
Kultur und Veranstaltungs GmbH Worms
Von-Steuben-Straße 5 67549 Worms
www.worms-verlag.de

ISBN 978-3-947884-79-7
Alle Rechte vorbehalten.

Text: Andrea Liebers, www.andrea-liebers.de
Illustration: Erin Lee
Layout: Nicole Gehlen, www.koenigsblau-design.de
Lektorat: Susanna Krauthauser
Korrektorat: Nina Lehmann
Druck: Jelgavas Tipogrāfija, Lettland

Wir bedanken uns für die Unterstützung durch ein Stipendium der VG WORT im Rahmen von NEUSTART KULTUR

INHALT

VORWORT

von Nicola Hernádi

Die fabelhafte Welt der indischen Baumgötter

Indien ist das Land der spannenden Geschichten. Die meisten Sammlungen von Erzählungen, die auch bei uns bekannt sind, z. B. die arabischen Märchen aus 1001 Nacht, die griechischen Fabeln Äsops, aber auch die europäischen Märchen lassen sich in ihren Ursprüngen häufig bis nach Indien zurückverfolgen. Dort findet man sie oder Teile in Sammlungen wie z. B. dem Panca-Tantra, einer Sammlung erzieherischer Geschichten, die der „Ausbildung von Prinzen" diente.

Wir würden heute sagen: Jedes Kinderbuch dient der Entwicklung unserer Prinzen und Prinzessinnen, denn unsere Kinder sollen freie, bewusste Menschen werden, die zum Guten in der Welt in bester Weise beitragen. Aus den fantastischen Erzählungen Indiens leuchtet daher eine tiefe psychologische Einfühlsamkeit in unsere innersten Gedankenwelten hervor, aber auch in die Verbindung und gegenseitige Beeinflussung aller Dinge, belebt und unbelebt. Es fallen klangvolle Namen, doch sollen die Handlungen keine historischen Begebenheiten berichten, sondern die tiefen Schichten verborgener Wirklichkeiten aufzeigen, deren Erkennen zu Weisheit führt. Es sind die Gesetze von Gut und Böse, um die es geht, der Wert wahrer Liebe und die Kräfte von Tugenden und Lastern, deren Auswirkungen jeder Mensch in seinem eigenen Herzen spürt. Diese verborgenen Wirkkräfte stürzen die innere Welt regelmäßig in Verwirrung und sorgen für Konflikte, die gelöst werden müssen, während man sich den äußeren Herausforderungen stellt. Die humorvollen, anrührenden und abenteuerlichen Weisheits-Geschichten dienen daher als Leitstern für kluge Entscheidungen im eigenen Leben.

Die buddhistischen Jataka-Erzählungen, also die „Geburten-Geschichten", welche Begebenheiten schildern, die Buddha in den vielen Leben lange vor seiner Erleuchtung widerfuhren, stellen eine umfangreiche Sammlung dar, die teilweise eine eigene Abteilung in den kanonischen Schriften bildet, aber auch eingestreut in anderen Texten darin stellenweise als Parabeln zum Verständnis aktueller Vorkommnisse zu finden sind.
In der riesigen Abteilung der Jatakas im Pali-Kanon finden sich etliche Geschichten, die nicht nur Buddhisten bewahrten, sondern die auch in anderen Religionen und der Volkstradition in Indien bekannt sind. Und genau wie bei den Märchen-Sammlungen der Gebrüder Grimm befinden sich darunter auch einige haarsträubende, von volkstümlicher Derbheit, was die Moral angeht – das soll nicht verschwiegen werden.
Die schönsten und ergreifendsten Jatakas wurden jedoch bereits im Altertum kunstvoll überarbeitet, von einem berühmten Dichter und Mönch namens Arya-Shura („Edler Held"), auch bekannt als „Matr-Ceta" („Mutters Diener"), ein scheinbar etwas abfälliger Spitzname, weil er angeblich seiner Mutter so hingebungsvoll ergeben war. Doch auch das ist wieder eine Geschichte in einer Geschichte, denn ideale Buddhisten sollen alle anderen

fühlenden Wesen als so nah und wichtig wie die eigene Mutter ansehen, und entsprechend betrachtete sich der Mönch Matr-Ceta offensichtlich sehr bewusst als Diener von allen „Müttern". Er trug den Namen mit Stolz und hat 34 der Jatakas zur „Jataka-Mala" zusammengestellt, zur „Girlande der Geburtsgeschichten". Diese werden auch heute noch zu Beginn der alljährlichen festlichen Unterweisungen des Dalai Lama im Frühjahr gelehrt. Dann hören die angesehensten, gelehrtesten Fachleute unter den Mönchen aus Tradition diese Geschichten von Buddha als tierischer und menschlicher Bodhisattva.

Das vorliegende Buch nun beschäftigt sich mit den Begebenheiten rund um Baumgottheiten in den buddhistischen Jatakas. Dass große Bäume magisch wirken, wundert uns nicht. Die Fülle des Lebens an ihnen, das Klima, das sie verbreiten, ihre immer wieder neu beeindruckende Schönheit, besonders im Wechsel der Jahreszeiten, ihre Blüten und Früchte, all das verzaubert viele Menschen, auch heute.

Es liegt nahe, dass die Menschen früher in ihnen prächtige Wohnsitze von Gottheiten sahen, von Wesen mit Macht und großem Einfluss, und es gab unzählige Baumheiligtümer, nicht nur in Indien. Buddhisten übernahmen diese zumeist und integrierten sie in ihre Lehre, die dem Schutz aller fühlenden Wesen dient. Doch diese imposanten Baum-Wesen sind sterblich, auch wenn sie lange leben. Wie die Menschen können sie gut oder böse, klug oder einfältig sein, jedoch in größerem Ausmaß.

Als Teil der halbverborgenen Welt treten in den Jatakas verschiedene Arten von in Bäumen wohnenden Gottheiten auf, die wie verschmolzen mit ihrem Wohnort sind, etwa so wie unser Geist unseren biologischen Körper bewohnt. In einigen Geschichten handeln sie selbst, in anderen sind sie Partner des Helden der Handlung. Wie wir alle stehen sie in Beziehung zu ihrer Umwelt. Sie tragen Verantwortung und ihr bloßes Vorhandensein zieht Kreise und hat große Auswirkungen – ganz wie bei jedem Menschen. Aber sie müssen sich auch in Acht nehmen, denn es lauern überall Gefahren, selbst für gutmütige, machtvolle Baumgottheiten, vor allem wenn üble Einflüsse Teil des eigenen Baumes werden.

Die Autorin dieser Nacherzählungen, Andrea Liebers, macht mit ihrer charmanten Auffrischung der früheren Fassungen der Stoffe den Zauber dieser zeitlosen Geschichten für moderne Leser leichter zugänglich.
Mit schillernder asiatischer Farbigkeit setzt die Illustratorin Erin Lee Akzente und schafft pointierte Bilder zu den reichen Szenen, welche die Vorstellung vertiefen. So können ihre berührenden Inhalte hier und heute erneut das Herz erfreuen, inspirieren und den Geist sensibilisieren – für die Gemeinschaft, die wir alle bilden, für die Verbundenheit von Mensch und Natur, aber auch für Reichtümer wie Fantasie und Kunst, die einen Schatz bilden, der sich unerschöpflich verteilen lässt und dabei allen Glück schenkt.

STEHT ZUSAMMEN, FREUNDE!

Es ist schon hunderte von Jahren her, da gab es in Indien noch undurchdringliche, dicht gewachsene Wälder, in denen viele Baumgötter zusammen mit ihren Familien lebten. Wenn man als Mensch vor einem solchen Wald stand und überlegte, ob man sich einen Weg hindurch bahnen könnte, dann entschied man sich lieber, wieder umzukehren. Zwischen den Bäumen wuchsen nämlich stachelige Sträucher und unterschiedlich hohes Gestrüpp. Viele Schlingpflanzen hangelten sich zudem mit ihren Ranken von Baum zu Baum. Es war ein fest ineinander verwachsenes Dickicht-Durcheinander, das wie eine grüne Wand aussah.

Zu dieser Zeit geschah es, dass Kubera, einer der himmlischen Götter, in dessen Gefolge sich viele Baumgottheiten befanden, einen Erlass herausgab. Alle Baum- und Strauchgottheiten sollten ab jetzt frei den Wohnort wählen dürfen. Alle Vorschriften, die es bis dahin gegeben hatte, und die vorgaben, wo Baumgötter und Baumgöttinnen sich eine Wohnung nehmen durften, wurden ungültig. Nicht nur Gottheiten, die hohe Bäume bewohnten, sondern auch denen, die in Sträuchern, Gräsern und Blumen lebten, war es von nun an erlaubt, dort zu wohnen, wo es ihnen gefiel.

Als ein alter Baumgott, in dessen langem goldenen Haar sich schon seit einigen hundert Jahren silberne Strähnen zeigten, und der seitdem von allen nur noch ‚Silberlocke‘ genannt wurde, das hörte, lachte er laut und freudig auf. „Darauf habe ich mein ganzes Baumgötterleben gewartet!“, rief er zu seinem Nachbarn im Salabaum. „Ich habe gebetet, dass dieser Erlass verkündet würde. Nun hat Kubera meine Gebete erhört. Dank sei Kubera, dem himmlischen Herrscher über allen Reichtum der Erde, dem Gebieter über alles, was grünt und blüht!“ Aus lauter Freude ließ Silberhaar seinen Baum erblühen und die Vögel und Insekten flogen herbei, um vom Nektar der Blüten zu naschen. „Was ist los, Silberlocke?“, fragte ein kleines Vögelchen, das fast in den Blütenkelchen versank, so klein war es. „Warum lässt du den Baum erblühen?“

Silberhaar erklärte den Grund, und alle Vögel und Insekten, die das hörten, verbreiteten die Nachricht sofort in alle Himmelsrichtungen. Baumgott Silberhaar packte seine sieben Göttersachen und machte sich auf den Weg.

„Willst du etwa wegziehen, Silberhaar?“, fragte sein Nachbar, der Salabaumgott, der auf den Spitznamen ‚Kranzträger‘ hörte. Den hatte er daher, weil er so gut wie immer einen aus blühenden Blumen geflochtenen Kranz um den Kopf trug. Er pflückte sich ein paar Blüten von Silberhaars Baum und steckte sie in seinen Kranz.

„Aber sicher, so schnell wie es geht!“, antwortete Silberhaar und pflückte sich ebenfalls ein paar Blüten, die er in seinen Bart hineinflocht.

„Hast du dir schon überlegt, wohin du gehen möchtest?“, fragte Kranzträger neugierig.

„In eine Stadt, in der viele Menschen leben und wo es keine anderen Bäume um mich herum gibt“, antwortete er. „Mich nervt schon seit Jahrhunderten, dass hier so viel Gestrüpp wächst und

dass so viele Lianen von meinem Wohnbaum herabbaumeln. Außerdem hätte ich gerne mal ein bisschen mehr Abstand zwischen mir und den anderen Götterfamilien", fügte er Augen zwinkernd hinzu.
Kranzträger steckte die letzte rote Blume in seinen Haarreif und lachte. „Also mir gefällt das Dschungeldurcheinander! Vor allem, wenn die Lianen blühen. Das ist doch immer ein großes Blüten-Freuden-Fest!"
„Du magst ja auch Blumen und Pflanzen", erwiderte Silberhaar. „Ich dagegen liebe die Menschen. Aber hierher traut sich ja keiner, weil der Wald so zugewachsen ist. Ein echter Urwald ist das, wo wir wohnen! Zugewachsen, undurchdringlich, ganz verkrautet und verbuscht, verbaumt und verblumt!"
„Genau das ist doch wunderbar!", rief Göttin Sonnenschön, die Ehefrau von Kranzträger. „Unser Wald ist so geheimnisvoll, so unergründlich grün, so friedlich, so beschützend! Es kommen keine Menschen mit ihren Sägen und Hacken, um uns die Bäume wegzufällen. Kein Mensch sammelt hier Holz, niemand pflückt die Blumen oder reißt sie mit der Wurzel aus. Weil es hier so dicht zugewachsen ist, dringen die Menschen gar nicht erst in unseren Wald ein!", gab sie die Vorzüge des Standortes zu bedenken.
„Das ist genau das, was mir missfällt!", warf Silberhaar ein. „Ich wünsche mir einen Standort, an dem Menschen sind, die mich verehren kommen. Die mir Blumen und Kerzen und kleine Kuchen als Geschenke bringen. Die Lieder für mich singen und die zu fröhlicher Musik um meinen Stamm herum tanzen."
Nun schüttelte ein weiterer großer Baum seine Äste und Zweige, sodass die Blätter nur so von ihm fielen. In diesem Baum lebte

eine junge Baumgöttin, die ein wundervolles Lächeln hatte. Alle nannten sie nur ‚Die mit dem Licht lächelt'. Doch nicht nur ihr Lächeln war bezaubernd, auch ihre Gestalt und ihr gesamtes Aussehen waren unbeschreiblich schön.

„Ich komme mit dir, Silberhaar!", rief sie voller Freude und warf den drei Göttern ein verführerisches Lächeln zu. „Ich möchte ebenfalls in die Nähe der Häuser von Menschen ziehen. Genauso wie du, Silberhaar, will ich ihre Verehrung genießen. Ich freue mich jetzt schon auf die Geschenke, die sie mir bringen werden!"

Immer mehr Baum-, Strauch-, Gras-, Lianen- und Blumen-Göttinnen und -Götter tauchten aus der Tiefe des Waldes auf. Sie alle hatten vor, sich in der Nähe von Menschen eine neue Wohnung zu suchen. Viele wollten an einen öffentlichen Platz im Zentrum eines Ortes ziehen, andere wollten an den Ortseingang, wieder andere wollten an Wegkreuzungen einen Baum oder Strauch zur Wohnung nehmen. Es zog sie in die Nähe von Menschen, von denen sie verehrt werden wollten. Denn die meisten Menschen und Tiere spüren die Anwesenheit von Baumgottheiten und genießen die friedvolle Ausstrahlung, die um die Wohnungen von Baum-, Strauch, Gras- und Blumengottheiten herrscht. Aus Dank dafür bringen sie Geschenke, sprechen Gebete und singen Lieder, um die Baumgottheiten zu erfreuen.

Es gab auch einige Baumgötter, die an weithin sichtbare Plätze umziehen wollten. In großen Bäumen, die allein auf Berggipfeln standen, wollten sie wohnen, von wo aus sie alles beobachten konnten. Wieder andere hatten vor, ganz alleine auf einer ausgedehnten Fläche zu stehen, sodass sie ihre ganze Schönheit und ihren Glanz für alle sichtbar in der Welt verbreiten konnten.

„Dann tut, was ihr nicht lassen könnt!“, meinte Baumgott Kranzträger, und seine Frau, die Baumgöttin Sonnenschön, fügte hinzu: „Ich wünsche euch eine gute Reise und dass ihr wunderbare Wohnungen findet! Ihr wisst, ihr seid jederzeit willkommen, wenn ihr zurückkommen wollt!“

„Danke für die guten Wünsche!“, schallte es von allen Seiten. „Aber rechnet nicht mit unserer Rückkehr!“, riefen die Götter und Göttinnen und machten sich zusammen mit ihren Kindern und Kindeskindern in einer würdevollen Prozession auf den Weg hinaus aus dem Wald. Mindestens die Hälfte aller göttlichen Waldbewohner zog aus, und so wurde es im Wald ruhiger, und die verbliebenen Götter und Göttinnen hatten mehr Zeit, sich der Meditation zu widmen. Das führte dazu, dass der besondere Glanz, der schon immer über dem Wald gelegen hatte, noch intensiver wurde. Die Tiere waren glücklich, denn nach wie vor verirrte sich kein Mensch in das tiefe, undurchdringliche Dickicht. Tag und Nacht war ein unbeschreiblicher Frieden und eine entspannte Freude spürbar.

Die Baumgottheiten, die in die Städte und Dörfer gezogen waren, erfreuten sich ebenfalls ihres Götterlebens. Dankbar verehrten die Stadtbewohner sie, denn natürlich war die göttliche Anwesenheit ein Segen für jeden Ort. Es herrschte weniger Neid und Streit, die Menschen gingen höflicher miteinander um, und im Schatten der Bäume, in denen die Götterfamilien wohnten, fanden erfolgreiche Beratungen und fröhliche Feiern und Feste statt. Vögel und kleine Tiere ließen sich gerne auf den Ästen der Baumgötter-Bäume nieder, um zur Ruhe zu kommen oder zu meditieren.

So zogen viele glückliche Jahre ins Land, bis plötzlich eines Tages von Norden her ein heftiger Regensturm herantobte. Tagelang goss es wie aus Kübeln, der Sturm heulte Tag und Nacht. Er zerrte an den Dächern, machte auch vor den Häusern und Bäumen nicht Halt. Viele der großen Bäume, die alleine und ungeschützt auf den Hügeln und Wiesen standen, wurden entwurzelt und lagen vom Sturm gefällt auf dem Boden.
Den großen Bäumen in den Dörfern und Städten ging es ähnlich. Wenn sie dem Sturm standhielten, wurden sie durch die sintflutartigen Wassermassen, die die Dorfstraßen und Plätze überfluteten, unterspült. Dadurch verloren die Wurzeln ihren Halt, und als der Sturm sich legte, wurden sie von einem leichten Windzug umgeworfen. Es kam auch vor, dass große Bäume, die mitten im Ort standen, im Sturm umstürzten und Menschen erschlugen oder Dächer und Häuser zum Einsturz brachten.
Dem dichten Urwald dagegen konnte der Regensturm nichts anhaben. Die Bäume waren durch die Lianen, die sich um Baumkronen und Stämme wanden, miteinander verbunden, und das Gebüsch und Gestrüpp hielt die starken Wind- und Regenböen ab. Wenn doch ein Baum schwankte, wurde er von einem Nachbarbaum gestützt. Der ungeheuer starke Regen, der auf den Wald herabprasselte, wurde von den unzähligen Blättern, die an den Bäumen und Büschen wuchsen, abgefangen und sanft hinab zu Boden geleitet. Die unendlich große Anzahl von Wurzeln verteilte das Wasser, wenn es im Boden versickerte, so gut, dass nirgends eine Überschwemmung entstand. So wurde der Untergrund an keiner Stelle gelockert oder schlammig, und kein Strauch und kein Baum verlor seine feste Verankerung in der Erde.

Weinend und jammernd kamen die Baumgötterfamilien, die aus dem Urwald weggezogen waren, zurück. Sie beklagten den Verlust ihrer wunderschönen Wohnungen und staunten, dass der heftige Regensturm im dichten Urwald überhaupt keinen Schaden angerichtet hatte.

„Herzlich willkommen!“, rief Baumgöttin Sonnenschön und kümmerte sich darum, dass die Götterfamilien wieder schöne Wohnungen fanden. Dankbar ließen sich diese wieder im dichten Wald nieder, und sahen das undurchdringliche Dickicht mit ganz neuen Augen.

Da sprach der Baumgott-Kranzträger den folgenden Vers:

„Wenn wir fest zusammenstehen,
kann der Sturm noch so heftig wehen.
Wir sind gestützt und schön verbunden,
ich habe das immer als gut empfunden.

Steht zusammen, Freunde, in Freude und Leid,
genießt das Verbundensein, seid gescheit!
Auch Götter brauchen ihresgleichen,
Lasst uns einander die Hände reichen!“

Die Geschichte von der Baumtugend (Jataka Nr. 74, das Rukkhadhamma-Jātaka) erzählte Buddha zu derselben Gelegenheit wie das Jataka vom schwarzen Löwen und dem Phandanabaum (Jataka 475, siehe S. 88), anlässlich des Streites seiner Verwandten um das Wasser des Rohini-Flusses.

Er wandte dabei sogar magische Mittel an, um die beiden Gruppen, die sich schon zum Kampf gerüstet gegenüberstanden, von ihrem Vorhaben abzubringen. Er soll sich in die Luft erhoben haben und mit magischer Kraft zum Flussufer geflogen sein, wo der Kampf stattfinden sollte. Mit gekreuzten Beinen blieb Buddha in der Luft „sitzen", schickte dunkle Strahlen aus und erschreckte so seine Verwandten. Dadurch brachte er sie dazu, die Waffen niederzulegen und ihm zuzuhören.

Diese Erzählung über die Baumtugend beendete Buddha mit folgenden Worten: „Oh Großkönig, oh meine königlichen Verwandten, es ziemt sich für Familien, in Eintracht und Frieden zusammenzuleben!" Und er schloss das Jataka ab mit einer Erklärung: „Die Gottheiten des Waldes waren das Buddhagefolge, die weise Gottheit Silberlocke aber war ich."

VON EINEM ELEFANTEN, DER WIE ESPENLAUB ZITTERTE

Es war vor langer Zeit, da lebte im alten Indien einmal ein Elefant, der zum königlichen Kriegselefanten ausgebildet werden sollte. Das Wichtigste, was der Elefant dabei lernen musste, war, dass er auch im heftigsten Schlachtengetümmel, sogar wenn er selbst verletzt würde, ruhig stehen bleiben und nicht vor Schmerz und Panik wegrennen sollte. Um ihm das beizubringen, banden die königlichen Elefantentreiber ihn an einen Pfosten fest, sodass er sich nicht mehr bewegen konnte.
Wenn der Elefant sich auch nur ein kleines bisschen rührte, schlugen sie ihn. Schon ein feines Zittern in den Flanken des Elefanten genügte, und die Elefantentreiber ließen ihre Stöcke und Peitschen auf ihn niedersausen.

Der Elefant war verzweifelt. Er hielt diese Qualen einfach nicht mehr aus. Mit all seiner Kraft riss er sich los und stürmte laut trompetend davon. Die Elefantentreiber versuchten ihn einzufangen, doch er trat wild um sich und benutzte seinen langen Rüssel und seine Stoßzähne als Waffen gegen sie. Die Elefantentreiber verfolgten ihn zwar, verloren aber im dichten Urwald seine Spuren. Alles Suchen und Rufen half nichts, sie konnten ihn nirgends finden.

Der Elefant hatte es bis in die einsamen Hügel geschafft, die den Schneebergen vorgelagert sind. Dort versteckte er sich und litt unter ständiger Todesangst. Wenn sich auch nur irgendwo ein Blättchen im Wind bewegte, sah er schon die Elefantentreiber vor sich und sein Herz begann zu rasen. In solchen Augenblicken rannte er in heller Panik los. Er blieb erst stehen, wenn er sich kaum noch auf den Beinen halten konnte.
Die Angst steckte ihm tief in den Knochen. Jede Nacht träumte er davon, an jenem Pfosten festgebunden zu sein und geschlagen zu werden. Alle Fröhlichkeit war aus dem Elefanten gewichen. Mit gehetztem Blick lief er durch den Dschungel. Dauernd wanderte er umher. Nie ruhte er sich aus. Ständig hatte er Angst, dass die Elefantentreiber ihn einfangen und wieder an den Pfosten binden würden.

Ein Baumgeist, der den Elefanten schon längere Zeit beobachte, beschloss nachzufragen, warum der Elefant beim leisesten Lufthauch voller Todesangst weglief. Bald schon bot sich die Gelegenheit. „He, du! Elefant! Warte, bleib stehen, ich möchte dich etwas fragen!“, rief der Baumgeist, als der Elefant wieder einmal vorbeikam, und stellte sich auf eine Astgabel.
Wie von der Tarantel gestochen rannte der Elefant los in den dichten Dschungel hinein.
„Bitte bleib stehen!“, rief der Baumgeist freundlich. „Ich will dir nichts tun! Ich will nur wissen, wovor du solche Angst hast!“
Der Elefant rannte langsamer. Die Stimme, die ihn rief, klang freundlich. Er drehte sich misstrauisch nach allen Seiten schauend um.
„Hier bin ich!“, rief der Baumgeist und winkte einladend, „hier auf dem Ast!“
Der Elefant zwinkerte mit den Augen, die Sonne blendete ihn. Aufmerksam suchte er die Bäume ab, um herauszufinden, woher die Stimme gekommen war.
„Ein Baumgeist ruft mich?“, wunderte sich der Elefant, als er ihn entdeckte. „Der wird mir wohl nichts tun können!“ Erleichtert trottete er zu dem Baum, wo der Baumgeist auf ihn wartete.
„Ich beobachte dich schon eine Weile“, eröffnete der Baumgeist das Gespräch, „und ich wundere mich, warum du beim geringsten Geräusch zusammenzuckst und losrennst. Es sieht so aus, als hättest du vor irgendetwas höllische Angst.“
Der Elefant senkte sein mächtiges Haupt und nickte. „Das stimmt, vor lauter Angst kann ich nicht einmal mehr klar denken!“, erwiderte er und erzählte dem Baumgeist, warum er vom Königshof weggelaufen war.

„Ach so ist das, jetzt verstehe ich!“ Der Baumgeist sah den Elefanten voller Mitgefühl an. „Deshalb bist du so mit den Nerven fertig.“

Dem Elefanten flossen jetzt die Tränen über die Wangen, einige rannen über seine langen Stoßzähne und glänzten in der Sonne. „Es war so schrecklich! Bei der allerkleinsten Bewegung haben sie mich geschlagen! Manchmal sogar ausgepeitscht!“ Nun weinte er richtig los. Der große Elefant bebte am ganzen Körper, so sehr schüttelten ihn die Weinkrämpfe, die aus ihm herausbrachen.

„Das muss sehr, sehr schlimm gewesen sein!“, meinte der Baumgeist voller Anteilnahme. „Aber jetzt ist es vorbei!“, tröstete er ihn. „Siehst du hier irgendwo einen Pfahl und einen Strick?“

Der Elefant sah sich um und konnte nur herrlich grüne Bäume sehen, in denen sich Papageien niedergelassen hatten, und duftende Blumen, die zwischen saftigen Grashalmen blühten.

„Siehst du einen Elefantentreiber, der einen Stock schwingt?“
In dem dichten Blätterwerk der Büsche und Bäume entdeckte der Elefant einige bunte Schmetterlinge, die von Blüte zu Blüte flatterten.
Der Elefant schüttelte den Kopf.
„Willst du ständig in Angst und Schrecken leben? Willst du jedes Mal zusammenzucken, wenn der Wind durch die Blätter streicht? Wenn das so ist, wirst du bald völlig am Ende sein!“
Der Elefant stellte seine riesigen Ohren auf. Der Baumgeist hatte Recht. Beim kleinsten Geräusch zuckte er zusammen und rannte weg. Dass ihm das jemand sagte, traf ihn mitten ins Herz, denn es war die Wahrheit.
„Aber was soll ich denn tun?“ Der Elefant ließ seine Ohren hängen.
„Du musst einsehen, dass die Zeit, in der du an einem Pfahl festgebunden warst und mit einem Stock geschlagen wurdest, vorbei ist!“
„Du meinst, das hilft?“, unsicher sah der Elefant den Baumgeist an.

Er stellte seine Ohren ab und lauschte. Im Dschungel knackte es ab und zu, das kam aber nicht von Menschen, die ihn durchstreiften. Ab und zu zwitscherte ein Vogel, und Insekten brummten und summten durch die Gegend. Außer Dschungelgrün und Himmelblau war nichts zu sehen.
„Da ist kein Elefantentreiber“, meinte der Elefant.
„Will dich hier jemand schlagen?“ Der Baumgeist richtete sich groß auf.

„Nein. Da ist auch niemand, der mich schlagen will!“ Die Anspannung des Elefanten löste sich ein wenig.
„Da ist nicht einmal jemand, der dich schlagen könnte!“ Der Baumgeist tauchte in einer anderen Astgabel auf.
„Du bist groß und stark. Die anderen Tiere gehen dir aus dem Weg. Die Menschen können dich nicht fangen, du bist viel stärker als sie!“

Es war, als ob der Elefant aus einem Schockzustand erwachte, der ihn an die Vergangenheit gekettet hatte. Er hob seinen Rüssel und trompete drei Mal laut und fröhlich. Der Baumgeist lachte.
„Das klang nach einem echten Dschungelelefanten!“
Der Elefant verbeugte sich tief vor dem Baumgeist: „Vielen Dank! Meine Angst ist von mir abgefallen. Ich fühle mich wie neugeboren!“
Glücklich trottete er in den dichten Dschungel. Wenn die Blätter im Wind raschelten, freute sich der Elefant über den frischen Luftzug, und wenn dürres Holz knackte, wusste er, dass irgendwo trockene Äste herumlagen. Niemals malte er sich mehr eine Gefahr aus, die es nicht wirklich gab, und so war die Zeit, in der er vor Angst und Furcht zitterte, endgültig vorbei. Der Elefant hatte seine Vergangenheit ein für allemal abgeschüttelt.

Die „Geschichte von dem dürren Holz“ (Jataka Nr. 105, das Dubbalakattha-Jātaka), erzählte Buddha, als er seine Mönche über einen Mitmönchen sprechen hörte, der ständig voller Todesfurcht war.
Sie meinten, dass das daher käme, weil er sich nicht klar mache, dass der Tod alle trifft, dass keiner davon ausgenommen ist zu sterben. Denn kaum hörte der betreffende Mönch irgendwo Blätter rascheln, ein Stück trockenes Holz knacken oder Schreie von wilden Tieren oder Vögeln, begann er vor Todesangst zu zittern und lief davon. Buddha bat die Mönche, jenen furchtsamen Mitmönch herbeizurufen und erklärte, dass dieser nicht nur in diesem Leben voller Todesfurcht gewesen sei, sondern auch in früheren Leben. Daraufhin erzählte er die Geschichte vom Elefanten, der beim geringsten Geräusch in Todesangst ausbrach.
Nachdem Buddha die Geschichte beendet hatte, erklärte er, dass der furchtsame Mönch damals der Elefant gewesen war, der Baumgeist aber sei er selbst gewesen.

RETTET DEN WUNSCHBAUM!

Vor langer, langer Zeit ließ König Brahmadatta als Sommerpalast ein Gebäude errichten, wie es in ganz Indien noch niemals eines gegeben hatte. Es war kreisrund gebaut, das Dach sah aus wie ein aufgespannter Schirm, dessen Spitze zum Himmel zeigte. Das Kunstvolle an diesem Schirmdach war, dass sein ganzes Gewicht auf einem einzigen starken, langen Holzpfosten ruhte. So ungewöhnlich wie der Sommerpalast war, so außergewöhnlich war auch der Park. Die wundersamsten Bäume, die seltensten Sträucher, die buntesten Blumen, Gräser und Kräuter wuchsen darin. Es lag dort eine so friedliche und zugleich beschwingte Stimmung in der Luft, dass Tiere wie Menschen es liebten, sich in diesem Garten aufzuhalten. Deshalb war es auch kein Wunder, dass viele Baum-, Strauch- und Grasgötter hier ihre Wohnungen hatten.

Ein mächtiger Baumgott wohnte zusammen mit seiner Familie in einem sehr großen Ruca-Baum, in dessen Schatten König Brahmadatta viele seiner Nachmittage verbrachte. Wenn andere Könige oder Verwandte zu Besuch waren, lud er sie genau unter diesen Baum zum Picknicken ein. Es war so angenehm, so wohltuend, in der Nähe dieses Baumes zu sein, dass man ihn bald als heiligen Baum verehrte. Die Diener und Dienerinnen des Königs brachten dem Ruca-Baum kleine Geschenke vorbei und hängten Abends Lampions in seine Äste. Die Königin und ihre

Freundinnen verbrachten viele Stunden plaudernd unter seinen Zweigen, und wer auch immer einen Wunsch hatte, ging zum Baum und erzählte ihm davon. Meistens gingen diese Wünsche sogleich in Erfüllung.

Eines Nachts fegte ein heftiger Sturm durch den Park. Der Sommerpalast schwankte, als ob er gleich umstürzen würde. Der König und die Königin, ihre Begleiter und die Bediensteten schreckten aus dem Schlaf. Alle rannten nach draußen ins Freie, wo sie auch den Rest der Nacht verbrachten. Keiner traute sich, während des Sturmes ins Innere des Gebäudes zu gehen. Als es

hell wurde, legte sich der Sturm und die königlichen Handwerker untersuchten die Mauern und das Dach des Sommerpalastes.
„Wie sieht es aus? Hat der Sommerpalast den Sturm gut überstanden?“, fragte der König.
Der Chef der Zimmerleute schüttelte bedauernd den Kopf. „Leider, nein. Der tragende Pfosten ist angeknackst. Er war wohl schon länger morsch! Beim nächsten Luftzug wird er zusammenstürzen.“
Der König schlug bestürzt die Hände vors Gesicht. „Unser schöner Sommerpalast!“, rief er aus. „Was schlägst du vor?“
„Das beste wäre, wenn wir heute noch losgehen, um einen geeigneten Baum zu finden, aus dem wir einen Ersatz-Stützpfosten machen könnten. Damit könnte der Sommerpalast gerettet werden.“
„Dann macht euch sofort auf den Weg!“, befahl der König.
Sofort brach ein Trupp Zimmerleute auf. Erst als die Dunkelheit hereinbrach, kehrten sie zurück.
„Habt ihr einen Baum gefunden?“, fragte der König, der schon ungeduldig auf sie gewartet hatte.
„Leider nicht!“ Der Chef der Zimmerleute schüttelte voller Bedauern den Kopf.
„Das kann doch nicht wahr sein!“, fuhr der König den Zimmermann an. „Mein Park ist riesengroß, da wird doch wohl ein geeigneter Baum zu finden sein!“
„Hm, ja, also“, druckste der Zimmermann herum.
„Nun rede schon!“, drängelte der König.
„Es gäbe da schon einen Baum, der in Frage käme. Aber den wollten wir nicht fällen.“ Der Zimmermann blickte Hilfe suchend zu seinen Kollegen.

„Es ist der Wunschbaum“, erklärte sein Assistent. „Nur er ist hoch genug gewachsen und zugleich stabil. Einzig und alleine sein Stamm wäre stark und lang genug, das Dach des Sommerpalastes zu tragen.“

Der König runzelte die Stirn. Ausgerechnet diesen Baum wollte er eigentlich nicht fällen lassen. Da fiel sein Blick auf seinen Sommerpalast, der sogar wankte, obwohl im Augenblick kein Lüftchen wehte. Auch diese Nacht würden sie im Freien verbringen müssen.

„Sei's drum!“, sagte der König energisch. „Dann fällt morgen diesen Baum. Ich will nicht, dass der Sommerpalast zusammenbricht.“

Die Zimmerleute, die Diener und Dienerinnen, die Königin, die Berater und Beraterinnen, und die Kinder des Königs zuckten zusammen. „Sind sich eure Majestät wirklich sicher?“, wagte der erste Ratgeber des Königs zu fragen.

Der König nickte. „Ganz sicher. Mein Entschluss steht fest.“

In dieser Nacht sah man viele Lichter in Richtung Wunschbaum und zurück blinken. Die Bediensteten des Königs besuchten den heiligen Baum, um ihm für alles zu danken, das er für sie getan hatte. Nicht wenige vergossen Tränen dabei.

Als der mächtige Baumgott, der im Ruca-Baum wohnte, plötzlich all die Menschen sah, die herbeiströmten, um von ihm Abschied zu nehmen, wurde es ihm ganz anders zumute. Seine Kinder schwebten ängstlich um den Baum herum und riefen in einem fort: „Warum weinen die Menschen? Warum bedanken sie sich bei dir?“

„Unser Baum, der uns zur Wohnung dient, soll morgen gefällt werden!“, erklärte ihr Vater betrübt.

„Aber warum denn?“, jammerten seine Kinder „Wir verstehen das nicht, wir verstehen das nicht!“

„Anscheinend brauchen sie seinen Stamm, um damit den tragenden Pfosten des Sommerpalastes zu ersetzen“, erklärte der Baumgott seinen untröstlichen Kindern.

„Wir können hier auf keinen Fall bleiben!“, meinte die Frau des Ruca-Baumgottes und raufte sich die Götterhaare. „Sie werden den Baum morgen fällen, das steht fest. Doch wohin sollen wir gehen?“

Der mächtige Baumgott zermarterte sich den Kopf, wie er das Unglück abwenden könnte. Doch ihm fiel einfach keine Lösung ein. „Vielleicht gibt es irgendwo einen anderen großen Baum, in den wir umziehen können?“, sagte seine Frau und sah ihren Ehemann hoffnungsvoll an. „Schau doch mal in der Umgebung nach!“

„Das ist eine gute Idee!“, antwortete der Baumgott. In Göttergeschwindigkeit eilte er durch den Park und hielt Ausschau nach einer geeigneten Wohnung. Doch alle Bäume, die in Frage kamen, waren von anderen Baumgötterfamilien besetzt. Sogar außerhalb des Parks konnte er nirgends eine passende Wohnstatt finden.
Niedergeschlagen kehrte er zurück. Inzwischen hatten die anderen Baumgötterfamilien mitbekommen, was geschehen war. Natürlich wollten sie alle helfen, doch niemand kannte einen großen freien Baum, in den die Götterfamilie des Ruca-Baumes ziehen konnte.
Nun weinten alle Baumgötter, umarmten den Ruca-Baumgott, seine Frau und seine vielen Kinder, weil auch ihnen nichts einfiel, wie sie die Zimmerleute am nächsten Tag davon abhalten könnten, den Baum zu fällen.
Durch das laute Wehklagen wurde die Kusa-Gras-Gottheit auf die Versammlung der Baumgötterfamilien aufmerksam. Sie eilte zum Ruca-Baum und erfuhr den Grund für das Weinen und Klagen.
„Seid nicht mehr traurig!“, beruhigte sie die Götterfamilien. „Mir wird bestimmt etwas einfallen, so dass der Baum morgen nicht gefällt wird. Vertraut mir!“

Die Kusa-Gras-Gottheit war zwar nicht besonders groß und auch nicht sehr berühmt, aber sie war für ihre vielen lustigen Einfälle und spaßigen Ideen bekannt. Doch ob es ihr in diesem schwierigen Fall gelingen würde, die Wohnung der Ruca-Baumgötterfamilie zu retten? Da sie sowieso keine andere Wahl hatten, setzen nun alle ihre ganze Hoffnung auf die Kusa-Gras-

Gottheit. Sie versprachen, viele gute Gedanken und viel gute Energie zu schicken, damit das Unglück noch in letzter Minute abgewendet werden konnte.

„Ich weiß, dass ich mich auf dich verlassen kann“, sagte die Ruca-Baumgottheit und schaute die Grasgottheit dankbar an. „Es ist wirklich verwunderlich“, die majestätische Gottheit wischte sich eine Träne aus dem Gesicht. „Du bist die kleinste unter den Wald- und Wiesengottheiten, doch du hast mir, wenn ich es mir recht überlege, mit deinen ungewöhnlichen Ideen bisher immer geholfen!“

In den frühen Morgenstunden machten sich die Zimmerleute des Königs auf den Weg zum Rucabaum. Die Götterfamilien eilten herbei und lugten hinter den grünen Zweigen der umstehenden Bäume hervor. Alle wollten wissen, wie es die Kusa-Gras-Gottheit schaffen wollte, die Männer von ihrem Vorhaben abzuhalten.

Die Zimmerleute legten ihre Sägen und Äxte auf den Boden und begutachteten fachmännisch den Stamm. „Wo setzen wir die Säge an?“, fragte der Chef seine Kollegen.

„Es ist so schade, dass wir ihn fällen müssen!“, brummte der Assistent und begann seine Säge zu schärfen.

„Hey, Leute!“ Einer der Zimmerleute fuchtelte mit seinen Händen und deutete nach oben. „Schaut mal dort!“

„Mannomann! Der Stamm ist ja total durchlöchert!“, stieß der Chef überrascht aus.

„An der Wurzel sieht es nicht viel besser aus!“ Der Assistent ließ die Säge und den Schleifstein fallen und kniete auf den Boden. „Also wenn ihr mich fragt, dieser Baum taugt nichts! Den brauchen wir erst gar nicht zu fällen!“

„Da haben wir wohl gestern nicht genau hingeschaut!“, schnaufte der Chef erleichtert. Dann fiel sein Blick auf die ausladende

Krone des Rucabaumes. „Wir müssen blind gewesen sein! Weiter oben ist der Stamm ja schon schimmelig!"
Verwundert meinte sein Assistent: „Der Rucabaum ist ja gar nicht so stabil, wie wir dachten!" Er hob die Säge wieder vom Boden auf. „Den brauchen wir nicht zu fällen! Zum Glück!"
Die anderen Zimmerleute nickten zustimmend.
Dem Chef der Zimmerleute fiel ein Stein vom Herzen. „Ehrlich gesagt, habe ich heute Nacht kein Auge zugetan und mir den Kopf zerbrochen, wie man das Dach des Sommerpalastes retten könnte, ohne dass wir den Rucabaum fällen müssen." Er lachte laut auf. „Und jetzt ist der Baum gar nicht mehr zu gebrauchen. Er ist ganz morsch und schimmelig! Aber wie retten wir jetzt den Palast?"

Kaum waren die Zimmerleute gegangen, als auch schon die Götterfamilien aus dem Park freudig herbeieilten und die Ruca-Baumgottheit und seine Familie beglückwünschten.
„Das war eine fantastische Idee, dass du dich in ein Chamäleon verwandelt und mit deiner Haut dann täuschend echt Morschheit und Schimmel vorgespielt hast!" Voller Dankbarkeit schaute die Ruca-Baumgottheit die Gras-Gottheit an.
„Die Kusa-Gras-Gottheit hat sich in ein Chamäleon verwandelt und ist von der Wurzel bis zur Krone gelaufen und hat durch die Farbe ihrer Haut vorgetäuscht, dass der Stamm morsch und schimmelig ist!", diese Nachricht ging nun von Götterfamilie zu Götterfamilie, und bald wussten es alle Baumgötter, was im Park des Königs Brahmadatta geschehen war.
Die Ruca-Baumgottheit schmunzelte: „Obwohl wir anderen Baumgottheiten doch so mächtig und groß sind, sind wir ein-

fach nicht so gewitzt wie diese kleine Kusa-Gras-Gottheit. Da sieht man mal wieder sehr deutlich, dass es nicht unbedingt auf das Äußere ankommt!"

Auf dem Rückweg zum Sommerpalast kam dem Chef der Zimmerleute eine großartige Idee: „Leute, wisst ihr, was wir machen?"
„Gleich wirst du es uns erzählen!", lachte der Assistent.
Der Chef tat ganz geheimnisvoll: „Bevor ich Zimmermann wurde, habe ich eine Ausbildung zum Steinmetz gemacht", vielsagend schaute er in die Runde.
„Ja, das wissen wir, aber was hat das mit dem Dach zu tun?", meinte der Assistent und legte sich die Säge über die andere Schulter.
„Wir bauen eine tragende Steinsäule in die Mitte unter das Dach. Die ist dann stabil und hält sicherlich 1000 Jahre lang!"
Die Zimmerleute klatschten begeistert in die Hände. „Super Idee! Großartig!", riefen sie.
„Und diese Steinsäule werde ich so bearbeiten, dass sie wie ein Baumstamm aussieht und wir können sie sogar anmalen, dann sieht sie noch echter aus!"
Als sie dem König diese Idee unterbreiteten, lachte er glücklich auf. „Von so etwas habe ich noch nie gehört. In ganz Indien wird man davon sprechen, dass König Brahmadatta die fähigsten Bauleute und Zimmermänner hat!"

Als der Sommerpalast neu eingeweiht wurde, strömten viele Könige aus ganz Indien herbei, um das neue Bauwerk zu bewundern. Es war nämlich fast doppelt so hoch und noch größer als das erste und durch die täuschend echte Bemalung des Stein-Baumstammes noch viel eindrucksvoller geworden. Es sah aus, als würde der tragende Stamm bis in den Himmel wachsen.

Die Geschichte vom Kusa-Grasstängel (Jataka Nr. 121, das Kusanali-Jātaka) erzählte Buddha, als er sich im Jetahain aufhielt und ihm Folgendes zugetragen wurde:

Freunde und Verwandte seines reichen Gönners Anathapindika mokierten sich darüber, dass Anathapindika Umgang mit einem Mann pflegte, der sich standesmäßig weit unter ihm befand. Worüber sie sich am meisten aufregten, war, dass er ihn sogar „seinen Freund“ nannte. Anathapindika ließ sich davon aber nicht beeinflussen, sondern machte diesen Freund sogar zum Verwalter seines Haupthauses. Als Anathapindika das Buddha erzählte, gab dieser ihm vollkommen Recht und betonte den unschätzbaren Wert einer echten Freundschaft und dass diese nicht an Äußerlichkeiten, wie zum Beispiel gesellschaftlichem Stand oder Vermögen gebunden sei. Es sei sehr gut gewesen, meinte Buddha, dass Anathapindika die Freundschaft mit dem Mann nicht aufgekündigt, sondern ihn im Gegenteil sogar zum Verwalter seines Hauses gemacht habe. Schon früher habe sich gezeigt, dass Freundschaft keine Standesgrenzen kennt.

Um dies zu verdeutlichen, erzählte Buddha die Geschichte vom Wunschbaum. Er schloss das Kusanali-Jataka mit folgenden Worten: „Damals war die Ruca-Baumgottheit Ānanda, die Kusa-Grasstängelgottheit aber war ich.“ (Ananda ist neben Moggalana und Sariputra einer der Hauptschüler des Buddha)

SÜßE FRÜCHTE VOM FEIGENBAUM

Es war vor langer Zeit, da stand in einem abgelegenen Waldstück in den Hügeln vor den Schneebergen ein sehr hoher Baum. Er überragte alle anderen Bäume und war von überall her zu sehen. Dieser Baum wurde von einem alten Baumgott bewohnt, der schon sehr viel im Leben gesehen und erlebt hatte.

Nur selten verirrten sich Menschen in seine Nähe, weil der Wald sehr dicht und undurchdringlich war. Tiere allerdings gab es hier zuhauf. Sie liebten die mit Lianen verbundenen, eng stehenden Bäume und die Büsche, in denen sie sich wunderbar verstecken konnten.

Jeden Sommer regnete es genau sieben Tage und sieben Nächte lang ununterbrochen. Das Wasser rauschte in Massen vom Himmel herunter, sodass es im Wald schon nach wenigen Regenstunden keine einzige trockene Stelle mehr gab. In der Nacht wurde es außerdem empfindlich kühl und wer am Tag schon durchnässt war, begann, sobald die Sonne untergegangen war, zu frösteln und zu bibbern.

Ein alter schwarzgesichtiger Affe hatte dies schon viele Jahre lang durchgestanden. Er hasste diese Regenwoche, denn jedes Mal wurde er krank davon. Missmutig hangelte er sich von einem glitschigen Ast zum anderen. Nicht einmal etwas Essbares war mehr aufzutreiben.

Die Früchte des Urwaldes verschimmelten noch an den Zweigen hängend in der warmen Feuchtigkeit, sogar die Bananen waren durchweicht und ungenießbar. Der Affe hockte sich schlecht gelaunt an den Fuß des hohen Baumes und lehnte seinen Rücken an den Stamm, dessen Rinde ganz aufgeweicht war. Von den Blättern tropfte es unentwegt auf den Affen herab. „Jedes Jahr derselbe Schlamassel", schimpfte der Affe und kratzte sich an seinem nassen Kopf. „Ich will nicht schon wieder krank werden! Es muss doch irgendwo ein trockenes Plätzchen zu finden sein!"

Er packte eine Liane, an der das Regenwasser in Rinnsalen herunterlief, und kletterte mühsam daran hoch, bis er endlich in der Baumkrone angelangt war. Die Regentropfen trommelten auf den Kopf des alten Affen, so dass es sich anfühlte, als würde er von Steinen beworfen werden. Der Affe hob die rechte Hand, beschirmte seine Augen vor dem Regenwasser und blickte sich um. „Ich seh ja so gut wie nur Wasser!“, ärgerte er sich. Plötzlich hellte sich seine Miene auf. „Hey, cool, da ist ja ein großer Fels! Sieht aus, als gäbe es dort eine Höhle!“

Der alte Baumgott, der in diesem Baum lebte, wunderte sich, dass dieser erfahrene Affe, der schon so lange hier lebte, diese Höhle nicht kannte. Selbst der Baumgott kannte sie. Er wusste auch, dass darin seit drei Jahren ein rotgesichtiger Affe lebte. Wenn die Regenwoche vorbei war, liebte es der rotgesichtige Affe, in den Ästen des hohen Baumes herumzuklettern. Manchmal traf er dort auch einen Freund, dem er voller Begeisterung von der Höhle erzählte. Leider war diese Höhle ziemlich klein, was er seinem Freund bedauernd berichtet hatte, und sie bot nur Platz für einen einzigen Affen. Dem alten Baumgott war klar, dass der schwarzgesichtige Affe deshalb dort keinen Unterschlupf finden würde.

Das wusste der alte Affe freilich noch nicht. Vorsichtig kletterte er den Stamm hinunter. Zweimal rutschte er ab und verstauchte sich dabei den rechten Arm. „Dieses Scheiß-Wetter!“, fluchte er, „und dieser Mist-Baum!“ Er streckte dem Baum die Zunge heraus. „Aber bald bin ich im Trockenen!“, tröstete er sich und massierte seinen Arm, bis er nicht mehr so sehr schmerzte. Dann humpelte er eilig auf allen Vieren in Richtung der kleinen Höhle. Plötzlich hielt er inne. In der Höhle saß ja jemand! Die Miene des Schwarzgesichtigen verdunkelte sich, sodass sein Gesicht noch schwärzer aussah. Missmutig hockte er sich hin und dachte nach.

Plötzlich hellte sich das Gesicht des Affen auf und schimmerte fast dunkelgrau. Der Baumgott rätselte, was das wohl zu bedeuten hatte.

Jetzt erhob sich der alte Affe, stellte sich auf die Hinterbeine und reckte seine Arme in die Höhe. Dabei blähte er seine Brust auf und lächelte. Er sah jetzt glücklich und zufrieden aus, als ob das allerschönste Sonnenwetter herrschen würde. Mit federnden Schritten lief er auf die Höhle zu, an deren Rand der rotgesichtige Affe saß und in den Regen hinausblinzelte.

„Hallo, lieber Affe!", begrüßte der Schwarzgesichtige den Rotgesichtigen. „Geht's dir gut?"

„Ja! Natürlich. Ich habe eine trockene Wohnung, das ist das Schönste, was es in dieser Regenwoche gibt!“, gab der Rotgesichtige zurück.
„Na, wenn du hier wohnst, dann kennst du bestimmt diesen wunderbaren Feigenbaum, von dem ich gerade genascht habe. Durch den Regen sind dessen Früchte so richtig süß und saftig geworden. Eine Köstlichkeit! Die kann ich dir nur empfehlen!“ Er schleckte sich mit seiner langen Affenzunge genüsslich über die Lippen.
„Feigenbaum?“, fragte der Rotgesichtige nach. „Hier in der Nähe?“
„Hm“, schmatzte der alte Affe und tat so, als ob er genussvoll auf etwas herumkaute. „Nicht weit von hier.“ Er deutete in die Richtung des Baumes, in dem die Baumgottheit lebte. „Hinter dem großen Baum da!“
„Da steht doch kein Feigenbaum?“, wunderte sich der Rotgesichtige.
„Wahrscheinlich hast du ihn noch nie bemerkt, weil du – wie ich annehme – die Regenzeit immer in dieser Höhle verbringst“, sagte der alte Affe und lächelte den Rotgesichtigen freundlich an. „Da verpasst du was, das muss ich dir leider sagen. Die Feigen werden nur durch den Regen so groß und süß.“
„Seit drei Jahren wohne ich hier, und diesen Baum kenne ich nicht“, erwiderte der rotgesichtige Affe verwundert.
„Wahrscheinlich hockst du die sieben Regentage nur hier drin und kommst nicht raus, stimmt's?“, fragte der Alte weiter.
„Stimmt!“, antwortete der Rotgesichtige. „Wenn es regnet, sitze ich hier im Trockenen.“

„Na, dann verstehe ich gut, dass du diese wunderbar weichen Feigen nicht kennst. Sie fallen einem nur auf, wenn es so viel regnet wie jetzt. Das viele Wasser lässt die Feigen prall und saftig werden, sodass sie einen wunderbar süßen Duft ausströmen. Eine Delikatesse!" Der Schwarzgesichtige fuhr sich erneut mit der Zunge über das Maul und schmatzte dabei glücklich.
Dass dem Rotgesichtigen jetzt das Wasser im Mund zusammenlief, konnte selbst der Baumgott von Weitem erkennen.
„Ich nehme an, du ernährst dich in der Regenzeit nur von altem, vergammeltem Obst, das du in deiner Höhle gelagert hast. Das schmeckt sicher nach nichts mehr", meinte der Alte jetzt und schüttelte bedauernd den Kopf. „Ein Jammer, dass du nicht rauskommst und dir etwas Frisches, Saftiges holst."

„Gleich hat er ihn soweit", dachte der Baumgott, der sah, dass der rotgesichtige Affe ganz unruhig mit dem Kopf hin und her wackelte und sich bemühte so zu tun, als interessiere ihn das alles nicht besonders.
„Wo sagst du, ist der Baum?" Der Rotgesichtige umklammerte mit den Armen seine Knie und blickte auf die nasse Felswand, an der das Regenwasser herunterlief. Mühsam schluckte er das viele Wasser, das ihm schon im Mund zusammenlief, hinunter.
Der Alte deutete in die Richtung des hohen Baumes. „Wenn du vor dem großen Baum dort stehst, brauchst du nur noch dem süßen Feigenduft folgen, der dir dort in die Nase steigen wird."
Dem rotgesichtigen Affen lief nun der Speichel über das Kinn. Mit einem eleganten Satz sprang er vom Höhlenrand herunter und rannte auf allen Vieren auf den Baum zu. Der Baumgott sah, wie die Augen des Rotgesichtigen vor Vorfreude glänzten.

Als der Affe am Baum angekommen war, schnupperte er mit weit geöffneten Nüstern nach rechts und nach links. Dann umrundete er den Stamm und blieb lange an der Rückseite des Baumes stehen. Er sog die Luft tief in seine Lungen ein, bis er husten musste. Der Regen fiel sehr dicht, zudem tropfte es von den Blättern, sodass der Affe keine zwei Meter weit schauen konnte. Er kletterte an einer Liane hinauf und hielt dabei seine Nase ständig schnüffelnd in die Luft. Der modrige Geruch, den er überall roch, machte ihn schwindelig. Inzwischen war das Fell des Affen schon ganz durchnässt. Unwillig schüttelte er sich, sodass die Tropfen nur so um ihn herum flogen. „Wo soll dieser Feigenbaum nur sein?“, hämmerte es in seinem Kopf. „Ich muss den alten Affen bitten, dass er ihn mir zeigt!“ Dieser Gedanke veranlasste ihn, kehrt zu machen. So schnell er konnte, rannte er zu seiner Höhle zurück.

Doch in ihr saß inzwischen der schwarzgesichtige Affe und schmunzelte.

Erschrocken blieb der rotgesichtige Affe vor der Höhle stehen. Daran hatte er überhaupt nicht gedacht, dass sich der Alte in seine Höhle setzen würde! Er hatte nur die Feigen im Kopf gehabt und sonst nichts. In seinem Kopf überschlugen sich die Gedanken. Er musste den Übeltäter dazu bringen, die Höhle zu verlassen. Plötzlich breitete sich ein fröhliches Lächeln auf seinem Gesicht aus.
Ausgelassen tanzte er vor der Höhle auf und ab. „Die Früchte sind ein Leckerbissen, die will ich niemals mehr vermissen!", jubelte er und strich zufrieden über seinen Bauch. „Selten habe ich so gute Feigen gegessen. Danke für den tollen Tipp! Ich habe noch ein paar für dich hängen lassen. Ich wollte nicht so gemein sein und dir alle wegessen!"

Der Schwarzgesichtige lachte laut auf und klopfte sich dabei auf die Schenkel. „Selten einen so dummen Trick erlebt! Haha, einen alten Affen kannst du nicht so einfach an der Nase herumführen! Ich bleibe schön hier im Trockenen sitzen, du kannst gerne die restlichen Feigen futtern!"
Der Rotgesichtige zog ein langes Gesicht. „Du mieser, fieser, alter Mistkerl!", kreischte er und bleckte dabei die Zähne. „Kreisch du nur herum, davon bekommst du die Höhle nicht zurück!", sagte der schwarzgesichtige Affe und grinste breit.

Der Rotgesichtige musste sich geschlagen geben. Es war ihm klar, dass er die Höhle nicht zurückbekommen würde. Voller Wut stapfte er zum Baum, in dem der Baumgott wohnte. Er riss kreischend die Lianen herunter und trampelte auf ihnen herum. Dann brach er Äste ab und warf sie in die Richtung der Höhle, in der der alte Affe zufrieden auf den Vorräten des Rotgesichtigen herumkaute. Schließlich ließ der getäuschte Affe vom Baum des Baumgottes ab und rannte in den dichten Urwald hinein. Noch lange hörte man am Krachen der Äste, dass er seine Wut an den Bäumen und Sträuchern ausließ.

Der Baumgott betrachtete traurig die Lianen und die Äste, die abgerissen und zerbrochen auf dem Boden lagen. Niedergeschlagen wiegte er sein mächtiges Haupt und murmelte:

„Die Lust auf Feigen hat den Affen verlockt,
und seinen Verstand durch Gier geblockt.
Er ging einer Lüge auf den Leim,
Die Gier war stärker als das Heim,
das er doch so sicher besaß,
es aber gierig dumm vergaß.

Wie sie einander gern betrügen,
und wie sie immer wieder lügen,
sich an der Nas' herumführ'n lassen
und dann sich selbst und and're hassen."

Kopfschüttelnd zog sich der alte Baumgott tief ins Innere seines Baumes zurück.

Die Geschichte vom Feigenbaum (Jataka Nr. 298, das Udumbara-Jātaka) erzählte Buddha während einer Regenzeit im Jetahain, als er hörte, dass sich seine Mönche über einen anderen Mönch unterhielten, der sein schönes Kloster verloren hatte. Als Buddha nachfragte, was die Hintergründe seien, erzählten ihm die Mönche Folgendes:

Ein Einsiedler hatte sich in einem Grenzdorf ein wunderschönes kleines Kloster gebaut. Das Gebäude lag auf einem großen Felsen, ein Bach mit frischem Wasser floss in der Nähe vorbei und nicht weit davon entfernt lag ein Dorf, in dem sehr freundliche Menschen lebten, die ihm herzlich zugetan waren und ihn mit allem, was er brauchte, liebevoll unterstützten. Es begab sich, dass ein anderer Mönch bei seiner Almosenwanderung zufällig bei der Einsiedelei vorbeikam. Der Einsiedler lud ihn höflich ein, bei ihm ein paar Tage zu verbringen und nahm ihn auch auf seine Almosenrunde ins Dorf mit. Der Wandermönch war ganz begeistert von den Leuten und von der Einsiedelei. Einen so schönen Platz mit so netten Dorfbewohnern hatte er noch nie erlebt. Er beschloss, den Einsiedler durch eine List aus dem kleinen Kloster zu vertreiben. Er sagte: „Lieber Einsiedler, warst du schon im Jetahain, um Buddha die Ehre zu erweisen?“ Der Angesprochene erwiderte: „Nein, leider noch nicht, ich möchte die Einsiedelei nicht unbewacht lassen, nicht dass Räuber oder Wegelagerer sich dort einnisten.“

„Oh, ich bewache sie gerne, solange du fort bist. Geh du nur zu Buddha, ich werde hier aufpassen, dass deiner Einsiedelei nichts geschieht!" Der Einsiedler machte sich frohgemut auf den Weg zu Buddha, blieb einige Zeit dort und kehrte wieder zurück. In der Zwischenzeit hatte aber der Wandermönch den Leuten aus dem Dorf die übelsten Geschichten über den Einsiedler erzählt. Dass er lügen und stehlen würde, dass er nicht vertrauenswürdig sei und solche Dinge mehr. Als der Einsiedler zurückkehrte, grüßten ihn die Dorfbewohner nicht einmal, und als er in seine Einsiedelei kam, ließ ihn der Mönch nicht ein. So musste er die Nacht draußen unter einem Baum verbringen. Als er am nächsten Morgen mit seiner Almosenschale durchs Dorf ging, damit sie ihm etwas zu essen geben würden, kamen die Bewohner nicht einmal mehr aus ihren Häusern. Traurig kehrte der Einsiedler zum Jetahain zurück und erzählte den Mönchen dort, was ihm widerfahren war. Als Buddha das alles gehört hatte, meinte er: „Nicht nur in diesem Leben, ihr Mönche, sondern auch schon in einem früheren Leben vertrieb ihn dieser aus seiner Wohnung", und er erzählte die Geschichte von den Affen und dem Feigenbaum.

Buddha beendete sie damit, dass er sagte: „Damals war der rotgesichtige Affe der Einsiedler, der alte schwarzgesichtige Affe war der neu angekommene Wandermönch, die Baumgottheit aber war ich."

DER SCHATZ UNTER DEM BAUM

Vor langer Zeit lebte im alten Indien einmal ein Mann mit Namen Arjuna. Wie sein Vater, Großvater und Urgroßvater war er ein Priester des indischen Gottes Brahma. Er betreute den Tempel und leitete die Feierlichkeiten, die zu Ehren des Gottes abgehalten wurden. Zu seinen Aufgaben gehörte es auch, sich um die alten und kranken Leute zu kümmern, was ihm sehr viel Freude bereitete. Eines Tages gab es ein heftiges Erdbeben. Viele Häuser der Stadt und auch der Tempel wurden dadurch zerstört. Die Bevölkerung stand plötzlich vor dem Nichts. Niemand hatte mehr ein Dach über dem Kopf, viele waren von einem Tag auf den anderen bettelarm geworden. So auch Arjunas Familie. Sie hatten selbst kaum genug zu essen, geschweige denn, dass etwas übrig blieb, um die Armen und Kranken in der Umgebung zu unterstützen. Arjuna wünschte nichts sehnlicher, als zu Geld und Reichtum zu kommen, damit er den Tempel wieder aufbauen und seine Familie und die Not leidenden Menschen unterstützen könnte. Doch alles Beten und Wünschen half nichts. Arjuna blieb arm und mitellos.

Immer wieder zog sich Arjuna in ein kleines Wäldchen zurück, das auf der Anhöhe in der Nähe der Stadt lag. Am liebsten setzte er sich unter den Palasa-Baum, da um ihn herum ein wunderbarer Frieden herrschte. Kaum saß Arjunga unter seinen Zweigen, hüllte ihn eine heitere Ruhe ein, und seine Sorgen lasteten nicht mehr so schwer auf seinen Schultern.

„Vielleicht ist dieser Baum von einer Baumgottheit bewohnt?“, ging es Arjuna durch den Kopf, als er sich wieder einmal in dessen Schatten gesetzt und sich sofort wohler gefühlt hatte. „Ich könnte doch dieser Baumgottheit dienen und sie um Hilfe bitten“, überlegte er sich.

Schon sehr früh am nächsten Morgen – die Sonne ging gerade auf – machte er sich auf den Weg zur Anhöhe. Mit einem Besen fegte er den Boden um den Palasa-Baum herum blitzsauber. Er zupfte Gras und Unkraut, das um den Stamm herum wuchs, heraus, und streute weißen Sand um den Baum. Auch hängte er farbige Girlanden in die Äste und entzündete wohlriechende Räucherstäbchen. Am Abend besuchte er den Baum erneut. Er verbeugte sich dreimal tief und stellte eine Kerze auf. „Schlaft gut, edle Baumgottheit“, wünschte er und umwandelte den Palasa-Baum feierlich und ehrerbietend.

So ging das eine sehr, sehr lange Zeit. Jeden Morgen und Abend besuchte Arjuna den Baum, um der darin wohnenden Gottheit die Ehre zu erweisen.
In der Tat lebte in diesem Palasa-Baum eine Gottheit und es gefiel ihr sehr, dass Arjuna sie so geduldig und zuverlässig verehrte. Der Baumgott beschloss herauszubekommen, warum das so war.
Als Arjuna am nächsten Morgen wie immer den Boden fegte, verwandelte sich die Baumgottheit in einen alten Mann und humpelte auf ihn zu.
„Was kümmerst du dich tagaus, tagein um diesen Baum, der doch überhaupt nichts empfindet?“, fragte er. „Bäume sind doch einfach nur Holz! Sie verstehen nichts, sie fühlen nichts, sie können nicht denken.“ Der Alte schüttelte missmutig den Kopf und fuhr fort: „Du bist doch ein kluger Priester! Du machst dich zum Narren, wenn du mit diesem Baum sprichst! Ich habe sogar gehört, dass du ihm eine gute Nacht wünschst! Das ist doch ziemlich bescheuert!“
Arjuna hörte auf zu fegen und stellte den Besen beiseite. Dann faltete er die Hände vor dem Herzen und verneigte sich tief vor dem alten Mann. „Nicht ich bin töricht, du bist es, alter Mann!“, erklärte Arjuna. „Fühlst du denn nicht die Ruhe und den Frieden, die diesen Baum umgeben? Das ist nicht ein totes Stück Holz, das vor uns steht. Der Palasa-Baum ist von einer sehr mächtigen Gottheit bewohnt. Ihr diene ich, um sie kümmere ich mich, sie verehre ich.“
Der alte Mann zuckte mit den Schultern. „Nun ja, wenn du meinst. Aber was bezweckst du damit?“

Der Angesprochene lächelte. „Es ist mein größter Wunsch, den Armen und den Kranken zu helfen. Denen, die nichts haben und die hungrig und durstig sind, die nicht einmal ein Dach über dem Kopf haben, deren Leid möchte ich lindern."
Der alte Mann lachte laut auf. „Na, dann hilf ihnen doch, anstatt hier zu fegen!"
Jetzt verdüsterte sich Arjunas Miene. „Das ist nicht so einfach. Dafür bräuchte ich Geld. Und das habe ich nicht."
„Dann nimm doch eine Arbeit an! Beim Stadtpalast zum Beispiel suchen sie Straßenfeger!", entgegnete der Alte.
„Das geht leider nicht", meinte Arjuna traurig. „Weil ich aus einer Priesterfamilie stamme, darf ich solche Arbeit nicht annehmen. Das ist gegen die Gesetze, wie du weißt."
„Aha", brummte der alte Mann nur und humpelte davon.

Als Arjuna den Besen wieder in die Hand nahm um weiter zu fegen, entdeckte er ganz nahe am Stamm des Palasa-Baumes zwei große Goldstücke. Hocherfreut kniete er nieder, verneigte sich vor dem Baum und steckte die Goldstücke in seine Tasche. Er hängte noch eine bunte Girlande in die Äste des Baumes und eilte dann in die Stadt. Auf dem Markt kaufte er von den beiden Goldstücken viele Säcke Reis, große Körbe voll Gemüse und Kleidungsstücke. Dies alles verteilte er unter den Armen.

Als Arjuna am Abend zum Palasa-Baum kam, tauchte der alte Mann wieder auf.
„Du siehst so glücklich aus!", begrüßte der Alte Arjuna, „hast du Arbeit in einem Tempel gefunden, wo sie einen Priester brauchen?"

Arjuna strahlte den alten Mann an. „Etwas viel Besseres ist passiert! Die Baumgottheit hat meine Wünsche und Gebete erhört. Heute morgen nach unserem Gespräch habe ich zwei Goldstücke am Stamm des Baumes entdeckt. Die können von niemandem anderen sein, als von der Baumgottheit!“ Arjuna verneigte sich dreimal tief vor dem Palasa-Baum.
Der alte Mann schmunzelte. „Das stimmt!“, sagte er.
„Woher weißt du das?“ Arjuna erinnerte sich noch gut an die Worte des Alten, der meinte, der Baum sei nur ein Stück totes Holz.
„Ich bin die Gottheit, die diesen Baum bewohnt. Ich habe die Gestalt eines alten Mannes angenommen, um mit dir sprechen zu können.“
Arjuna fiel sofort auf die Knie und vergoss Tränen des Glücks. „Danke, danke!“, stammelte er.
„Es freut mich, dass du die Goldstücke tatsächlich für die Armen und Kranken verwendet hast und nicht für dich selbst!“, lobte die Baumgottheit Arjuna. „Das zeigt mir, dass du es wirklich ernst meinst mit deinem Wunsch, die Schwachen zu unterstützen.“
Arjuna wagte kaum, den alten Mann anzuschauen. Es passierte nur sehr selten, dass Baumgötter sich den Menschen zeigten und sei es durch eine angenommene Gestalt. Dass ihm diese Ehre zuteil wurde, konnte er kaum glauben.
„Ja, schau mich nur an!“, lachte der alte Mann. „Ich werde nicht mehr lange zu sehen sein. Weil du mir so geduldig und unermüdlich gedient hast, und dein ganzes Vertrauen auf mich gesetzt hast, und weil du ein gutes Herz hast, werde ich dich weiter unterstützen! Leb wohl!“

Vor den Augen Arjunas löste sich der alte Mann in Luft auf. Da, wo er gestanden hatte, war niemand mehr zu sehen. Glücklich umwandelte Arjuna den Baum. Der Mond ging auf und stand voll am Himmel und tauchte die ganze Umgebung in ein magisches Licht. Noch lange Zeit blieb Arjuna unter dem Baum sitzen. Er war so übervoll an Dankbarkeit und Freude, dass er nichts anderes wollte, als in der Nähe des gütigen Baumgottes zu sein. Irgendwann frischte ein kühler Wind auf, und Arjuna machte sich auf den Heimweg.

Als er die Tür zu seinem Haus öffnen wollte, bekam er sie nur einen Spalt weit auf. Irgendetwas stand hinter der Tür und verhinderte, dass er den Haupteingang benutzen konnte. So blieb Arjuna nichts anderes übrig, als durch die Küche, die nach hin-

ten lag, ins Haus zu kommen. Als er nachschaute, warum die Haustür nicht zu öffnen war, stutzte er. Denn eine große Truhe, die er noch nie gesehen hatte, stand davor. Erst zögerte er, sie zu öffnen, doch dann siegte seine Neugier. Quietschend ließ sich der Deckel heben und zum Vorschein kam ein unermesslich kostbarer Schatz. Die Truhe war bis an den Rand mit Gold- und Silberstücken gefüllt. Dazwischen blitzten auch Edelsteine auf. Es war genug für all die vielen Jahre, die Arjuna noch lebte, um alle Bedürftigen nicht nur dieser Stadt, sondern auch der Städte der Umgebung zu versorgen, sodass diese keine Not mehr leiden mussten.

Nach wie vor ging Arjuna jeden Morgen und jeden Abend zum Palasa-Baum, um der Gottheit für ihre großzügige Hilfe zu danken. Und manchmal klimperte ihm beim Fegen ein glänzendes Goldstück vor die Füße. Freudig bückte er sich danach, bedeutete es doch, dass die Baumgottheit ihn nach wie vor nach Kräften unterstützte. Und in den klaren Vollmondnächten, von denen es damals in Indien sehr viele gab, hörte Arjuna manchmal die Gottheit aus dem Baum heraussprechen:

„Wer einem Baumgott sein Vertrauen schenkt,
ihm dient und freundlich an ihn denkt,
dem hilft der Gott bei seinen Werken,
ohne dass es andere merken."

Und in der Tat, so war es: Obwohl Arjuna Geld und Gold in Hülle und Fülle hatte, wunderte sich niemand darüber. Keiner fragte nach, woher er plötzlich das viele Gold hatte, mit dem er die Armen und Kranken unterstützte. Auch dass Arjuna täglich zweimal zum Palasa-Baum ging, um ihn zu schmücken, den Boden zu fegen und dort zu meditieren, nahm keiner wirklich zur Kenntnis. So langsam dämmerte es Arjuna, dass er auch das der Hilfe der Gottheit verdankte. Denn würde alle Welt plötzlich seinen Reichtum bemerken, würde er sich wahrscheinlich vor Schmeichlern, Neidern und falschen Freunden nicht mehr retten können. Und als Arjuna starb, verschwand auch die Truhe mit dem Gold, dem Silber und den Edelsteinen. Es war, als ob es sie niemals gegeben hätte.

Die Geschichte von dem Palasa-Baum (Jataka Nr. 307, das Palasa-Jātaka) soll Buddha in der Nacht vor seinem Tod erzählt haben, als Ananda, die „rechte Hand Buddhas“ sich völlig verzweifelt im Garten, in dem sich Buddha aufhielt, zurückzog und weinte.

Ananda hatte das Gefühl, dass die 25 Jahre, die er Buddha gedient hatte, völlig umsonst gewesen waren, weil er selbst keine Fortschritte in der Meditation gemacht hatte. Buddha ließ nach ihm suchen, fragte nach dem Grund von Anandas Verzweiflung und meinte zu Ananda gewandt, dass er sich keine Sorgen machen, sondern einfach beharrlich und geduldig so weitermachen solle wie bisher. Schon in einem früheren Leben habe Ananda ihm, Buddha gedient, und auch dieser Dienst sei nicht ohne positive Folgen geblieben. Und er erzählte die Geschichte vom Palasa-Baum, die er damit schloss zu erklären, dass der Brahmane Ānanda gewesen war und die Baumgottheit er, Buddha selbst.

LAUF WEG, DU DIEB!

Im alten Indien war es üblich, die Leichname der Verstorbenen außerhalb der Ortschaften zu verbrennen. Verbrennungsplätze waren immer von einer hohen Mauer umgeben. Normalerweise ging niemand dorthin, vor allem nicht alleine. Denn es gab viele gruselige Geschichten, dass dort die Geister der Verstorbenen und andere unheimliche Wesen herumspuken würden. Sogar wenn sich viele Leute bei einer Verbrennungsfeierlichkeit versammelten, blieben sie nicht lange, sondern verließen diesen unheimlichen Ort, so schnell sie konnten. Ein Verbrennungsplatz war also einer der einsamsten Orte, die man sich vorstellen konnte. Manche Baumgötter allerdings liebten genau diese Einsamkeit. Wenn dort große alte Bäume standen, konnte man fast sicher sein, dass sie von Baumgöttern bewohnt waren.

So war es auch bei einem hoch aufragenden Niembaum und einem großen Bodhibaum der Fall, die auf einem Friedhof in der Nähe eines Dorfes standen.

„Was für eine wundervolle Ruhe hier doch herrscht!", sagte der Niem-Baumgott eines Morgens zu seinem Baumgott-Nachbarn.

„Da stimme ich dir voll und ganz zu!", antwortete die Bodhi-Baumgottheit. „Es ist für uns von unschätzbarem Wert, dass wir Bäume bewohnen, die auf einem Verbrennungsplatz stehen. So können wir uns ganz der Meditation widmen."

„Ha, schau mal!", rief die Niem-Baumgottheit und deutete in die Richtung des Dorfes. „Heute haben wir uns zu früh gefreut!"

Auf der staubigen Dorfstraße rannte ein Mann. Er hatte es sehr eilig, das konnte man sehen. Gerade bog er in den Weg zum Verbrennungsplatz ein. Er blieb kurz stehen und schaute sich um.

„Er hat einen schweren Sack auf dem Rücken“, bemerkte die Bodhi-Baumgottheit.

„Wahrscheinlich ist er ein Dieb“, gab die Niem-Baumgottheit zurück.

„Genauso sieht es aus“, pflichtete ihm der Bodhi-Baumgott bei. „Ich ahne auch schon, was er vorhat.“

„Du bist also hellsichtig?“, lachte der Niem-Baumgott.

„Ein bisschen schon!“, kicherte die Bodhi-Baumgottheit. „Ich prophezeie dir, dass er es auf dich abgesehen hat.“

Keuchend rannte der Dieb über den Leichenacker. Der Sack war prall gefüllt und hatte ein beträchtliches Gewicht. Der Dieb schien am Ende seiner Kräfte zu sein. Er konnte sich kaum noch auf den Beinen halten und wäre fast

über ein paar herumliegende Knochen gestolpert. Im letzten Moment hielt er sich am Stamm des Niembaumes fest. Er stellte geräuschvoll den Sack ab und lehnte sich nach Atem ringend an den Baum.

„Gold- und Silberschalen“, flüsterte der Bodhi-Baumgott so leise, dass es nur der Niem-Baumgott hörte. „Sicher hat er die Schalen aus dem Tempel gestohlen“, flüsterte der Niem-Baumgott zurück.

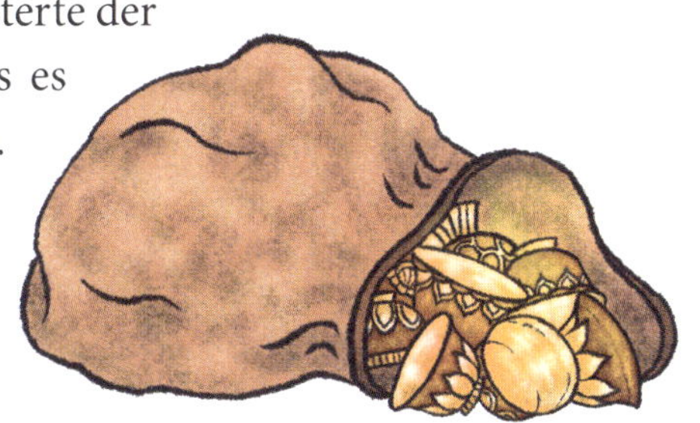

Der Dieb war wieder zu Atem gekommen und betrachtete jetzt kritisch die Äste des Niembaumes.

„Er will seine Beute und sich selbst in deinen Zweigen verstecken“, meinte der Bodhi-Baumgott in göttlicher Flüstersprache. Der Niem-Baumgott verdrehte seine Augen. „Hoffentlich nicht!“, flüsterte er zurück und sprach den Dieb in Menschensprache an. „Hallo, du Dieb!“, rief er laut und deutlich.

Der Räuber zuckte zusammen und schaute nach oben, woher die Stimme kam. „Oh, ein Baumgott!“, antwortete er erfreut, als er den Glanz im Baum sah. „Das ist gut, sehr gut sogar!“ Seine Augen leuchteten auf. „Wenn du mir hilfst, mich mitsamt meiner Beute in deinem Geäst zu verstecken, dann verspreche ich dir, dass ich dich jeden Tag besuchen werde, um dir Geschenke und Opfer zu bringen.“

„Das ist, glaube ich, keine besonders gute Idee“, erwiderte der Baumgott. „Dich und die Beute in meinen Ästen zu verstecken wird dir nichts helfen.“

„So, warum denn nicht?", antwortete der Dieb überrascht. „Dein Blätterdach ist schön dicht, da wird mich keiner entdecken", freute er sich und machte Anstalten, den Baum zu erklimmen. „Und wenn die Dorfbewohner feinfühlig sind, werden sie spüren, dass ein Gott in diesem Baum wohnt und ihn in Ruhe lassen."

„Bevor du auf den Baum kletterst, schau dir lieber mal den Boden an", meinte der Baumgott.

„Den Boden?", wunderte sich der Dieb und blickte nach unten zu seinen Füßen. „Was soll da sein?"

„Deine Fußspuren!", gab der Niem-Baumgott zurück. „Und die führen sehr gut sichtbar genau hierher!"

Nun erkannte der Dieb, dass der Baumgott recht hatte. Deutlicher konnte es nicht sein. Sogar dort, wo er den Sack abgesetzt hatte, war auf dem staubigen Boden ein deutlicher Abdruck zu sehen.

„Die, denen du die Sachen gestohlen hast, sind dir auf den Fersen. Ich sehe sie schon auf der Dorfstraße laufen, und ganz gewiss werden deine Spuren sie direkt bis hierher führen. Was meinst du werden deine Verfolger tun, wenn deine Spuren an meinem Stamm enden?"

Der Dieb wurde bleich vor Schreck. „Sie werden wissen, dass ich mich in den Ästen verstecke und mich mit samt der Beute herunterholen. Hey, Baumgott, du bist verdammt klug!" Er schulterte eilig seinen Sack. „Wenn ich mich beeile, kann ich den Vorsprung, den ich habe, vielleicht noch ausbauen. Ich muss bis zum Wald kommen, da finden sie meine Spuren nicht mehr!"

„Den haben wir los!", freute sich der Bodhi-Baumgott. „Was ich aber nicht verstehe: Warum hast du dem Dieb geholfen, seinen Verfolgern zu entkommen?"

„Das war reiner Selbstschutz, mein Lieber!“, erklärte der Niem-Baumgott. Als der Bodhi-Baumgott das nicht verstand, erklärte er weiter: „Wenn sie den Dieb in meinem Geäst entdeckt hätten, dann hätten sie ihn auf der Stelle aufgehängt. Und wo hätten sie ihn aufgeknüpft?“

„An einem deiner Äste! Das wäre schrecklich gewesen!“, antwortete der Bodhi-Baumgott. „Wenn Menschen wütend sind und Rache nehmen können, interessiert sie gar nichts mehr. Da ist es ihnen egal, ob der Baum von einem Gott bewohnt wird oder nicht.“

Der Niem-Baumgott nickte. „Oder sie hätten einen Ast von meinem Baum abgebrochen und ihn zwischen dir und mir durchbohrt!“ Er schüttelte unwillig seine Zweige.

„Wir wären Zeugen eines Mordes geworden!“ Dem Bodhi-Baumgott wurde es ganz anders zumute.

„Außerdem hätten die Bewohner des Dorfes mich und meinen Baum bestraft, weil ich einem Dieb Unterschlupf gewährt hätte“, gab der Niem-Baumgott zu bedenken.

„Womöglich hätten sie den Baum, in dem du lebst, aus Rache dafür gefällt!“ Der Bodhi-Baumgott wollte sich das alles gar nicht vorstellen.

„Achtung, die Verfolger kommen!“, flüsterte der Niem-Baumgott.

„Hier hat der Schurke seinen Sack abgestellt!“, rief der Anführer der Verfolger aufgeregt und deutete auf den staubigen Boden vor dem Baumstamm.

„Schau mal nach, ob der Dieb sich vielleicht oben im Geäst versteckt!“, forderte einer der Verfolger ihn auf.

„Wenn dem so ist, dann brennen wir den Baum nieder!“, meinte der Anführer grimmig. „Dann bekommt der Dieb seine gerechte Strafe!“

„Oder wir schneiden Äste ab und schlagen ihn damit“, freute sich ein dritter Verfolger.

„Im Baum ist er nicht!“, rief der Anführer enttäuscht.

„Schaut mal da!“ Einer der Dorfleute deutete auf die Fußspuren des Diebes.

„Er hat hier nur eine Pause gemacht. Dann ist er weiter geflüchtet! Wahrscheinlich in den Wald.“

„Fasst den Dieb!“, brüllte der Anführer und die Verfolgertruppe rannte den Spuren des Räubers hinterher. Der Bodhi-Baumgott schaute den Niem-Baumgott vielsagend an und sprach:

„Wie weise du gehandelt hast,
verloren hättest du den Ast,
oder du stündest jetzt im Feuer,
der Dieb war dir nicht ganz geheuer.
Klug hast du ihn weggeschickt,
nicht mal ein Zweiglein wurd' geknickt!“

Der Niem-Baumgott lachte und antwortete:
„Ich hab' die Folgen wohl bedacht,
das Beste aus dem Fall gemacht!“

„Wer Schönes liebt und Gutes tut,
hält Abstand stets von Gier und Wut“,
antwortete der Bodhi-Baumgott, zog sich in seinen Baum zurück und versenkte sich tief in die Meditation.

Die Geschichte vom Pucimanda-Baum (Jataka Nr. 311, das Pucimanda-Jātaka) erzählte Buddha auf eine Frage des Mönches Moggalana hin, zu der Zeit, als er sich im Bambushaingarten Veluvana aufhielt.

Moggalana, einer der Hauptschüler des Buddha, hatte bei der Stadt Rajagaha eine Waldhütte bezogen, um dort in Ruhe zu praktizieren. Eines Tages tauchte ein Mann auf, der kurz zuvor aus einem Haus in der Stadt kostbare Dinge entwendet hatte. Als Moggalana sah, dass der Dieb vorhatte, sich neben seiner Hütte niederzulassen – in der Annahme, dass die Gegenwart des bekannten Schülers von Buddha ihn schützen würde – stiegen Zweifel in ihm auf. „Sich in der Gegenwart eines Diebes zu befinden, tut nicht gut", überlegte er und jagte den Mann weg. Bald darauf kamen Einwohner des Ortes und verfolgten zusammen mit dem Bestohlenen die Spuren des Diebes, konnten ihn aber nicht finden. Am nächsten Tag ging Moggalana zu Buddha und erzählte ihm, was vorgefallen war. Buddha bestätigte Moggalana, dass er richtig gehandelt hätte. Er erläuterte, dass nicht nur Moggalana daran gezweifelt hätte, ob es gut sei, mit einem Dieb Umgang zu haben. Daraufhin erzählte Buddha die Geschichte vom Pucimandabaum, die er mit folgenden Worten abschloss: „Damals war die in dem Bodhibaum wohnende Gottheit Sāriputta, die Niem-Baumgottheit aber war ich."

WIE KANN MAN NUR SO DUMM SEIN

In einer Höhle im Cittakuta-Gebirge im Norden Indiens kam eines Tages ein Schwan zur Welt. Schnell war er zu voller Größe herangewachsen und machte ausgedehnte Ausflüge in die fruchtbare Ebene, die sich am Fuße des Gebirges ausdehnte. Hier gab es viele große Seen und saftig grüne Wiesen, auf denen bunte Blumen blühten.

Wenn der Schwan seine Flügel ausbreitete und die Sonne darauf schien, leuchtete und strahlte sein Gefieder wie ein kostbarer Juwelenschmuck. Das rührte von dem Goldstaub her, der sich in der Höhle befand, in der der Schwan lebte. Alle, die ihn kannten, nannten ihn deshalb nur den Goldschwan.

Ein See hatte es dem Schwan besonders angetan, an dessen Ufer sich üppig wilder Reis ausgebreitet hatte. Der Goldschwan liebte den herben und zugleich fruchtigen Geschmack dieser Reissorte und flog fast jeden Tag dorthin, um sich satt zu essen. Auf dem Rückweg machte er meist auf einem großen Palasa-Baum Rast, um mit dem Baumgeist, der darin lebte, zu plaudern. Im Lau-

fe der Zeit hatte sich zwischen den beiden eine schöne Freundschaft entwickelt.
„Hallo, Goldschwan! Schön dich zu sehen!", begrüßte der Baumgeist seinen Freund.
Geräuschvoll faltete der Schwan seine glitzernden Flügel zusammen. Dabei fiel sein Blick auf einen großen, dunklen Kackhaufen, der in einer Astgabel des Palasa-Baumes klebte.
Der Goldschwan deutete mit dem Schnabel in die Richtung der Astgabel: „Wer hat dir denn da auf den Baum gekackt?" 
„Das war eine Ente, die vorhin hier vorbeigekommen ist und sich auf den Ast gesetzt hat!", antwortete der Baumgeist.
Der Goldschwan beäugte kritisch den dunklen Fleck: „Wenn mich nicht alles täuscht, befindet sich in dem Häufchen der Samen eines Banyan-Baumes."
„Das mag sein", gab der Baumgeist zurück. „Die Ente hat erzählt, dass sie seit ein paar Tagen unter dem großen Banyan-Baum am Ufer des Blausees lebt!"
„Es wäre am klügsten, wenn ich das Häufchen mitsamt dem Samen vom Baum kicke. Nicht, dass hier bei dir auf dem Ast ein Wucherbaum anfängt zu wachsen."
„Warum willst du das tun?", wunderte sich der Baumgeist. „Lass ihn doch wachsen!"
„Möchtest du etwa, dass ein Banyan-Baum auf deinem Ast Wurzeln fasst?" Der Goldschwan blickte den Baumgeist bestürzt an.

„Ich würde gerne einem kleinen Bäumchen helfen, größer zu werden, wenn es aus seinem Samen herauskommt. Du weiß, wie gerne ich anderen helfe!"
„Ja, ich weiß, dass du immer hilfsbereit bist", entgegnete der Goldschwan. „Aber bevor man anderen hilft, ist es doch wichtig, vorher nachzudenken, wem man hilft und bei was man hilft!"
„Hm, du bist zu kritisch", entgegnete der Baumgeist und beugte sich über den Kackhaufen. Fürsorglich betrachtete er den Samen. „Also ich würde für das kleine Banyan-Bäumchen gerne Vater und Mutter zugleich sein und ihm helfen, groß und stark zu werden!", meinte er treuherzig.
„Aber doch nicht, wenn er auf deinem Ast wächst?" Der Goldschwan sträubte aufgeregt sein Gefieder, so dass der Goldstaub nur so um ihn herumfunkelte, und fuhr fort: „Du weißt doch hoffentlich auch, dass Banyan-Bäume unglaublich schnell wachsen? Es sind Wucherbäume. In Nullkommanichts wird der Banyan-Baum deinen Baum zerstört haben. Glaub mir, es ist keine gute Idee, ihn auf deinem Ast wachsen zu lassen. Ich kicke den Samen jetzt herunter, damit deiner Behausung nichts passiert!"
„Aber nein!", rief der Baumgeist und hielt den Goldschwan zurück. „Nicht doch! Lass ihn leben!"
„Wie dumm kannst du denn nur sein!", entgegnete der Goldschwan entrüstet. „Also wenn das so ist, werde ich dich nicht mehr besuchen. Mit einem so dummen Baumgeist, der sich gegen alle Vernunft selbst Schaden zufügt, will ich nicht länger befreundet sein!", sprach der Schwan, breitete seine Flügel aus und flog heim in Richtung Goldhöhle.
Kurze Zeit später platzte der Banyan-Baum-Same auf und bildete sogleich lange Luftwurzeln. Bald hatten sie die Erde erreicht und

wurden dicker. Gleichzeitig spross nach oben hin ein Stämmchen, an dem sich viele Seitenäste entwickelten, aus denen sehr bald tausende Blätter wuchsen. Wie von selbst entwickelte er mehr und mehr Luftwurzeln, Stämme und Zweige.

Der Baumgeist blickte bestürzt in das dichte Blattwerk des Banyan-Baumes. „Warum war ich nur so dumm zu glauben, dass dieser Banyan-Baum meine Hilfe und Fürsorge braucht? Ich wusste doch wirklich selbst, dass es Wucherbäume sind!" Er weinte bittere Tränen, doch es war zu spät. Inzwischen bekam der Pasala-Baum kaum noch Licht und Wasser, der Banyan-Baum nahm ihm alles weg. Der Ast, auf dem der Same sein Wachstum begonnen hatte, war brüchig geworden und krachte herunter. Mit den restlichen Zweigen passierte das Gleiche: Morsch gewor-

den stürzten sie alle in sich zusammen. Bald war nur noch der Stamm des Palasa-Baumes übrig.

Der Baumgeist fühlte sich ganz elend und war verzweifelt. „Jetzt hat mich der Banyan-Baum so in die Enge getrieben, dass mir nur die Wurzel bleibt, in die ich mich zurückziehen muss! Hätte ich nur damals, als ich noch groß und stark war, auf meinen Freund, den Goldschwan, gehört!"

Das Jammern und Wehklagen des Baumgeistes störte den Banyan-Baum nicht. Er wuchs und wuchs und wuchs und bald war von dem Palasa-Baum nur noch ein brüchiges Wurzelstück übrig. Der Baumgeist war so dünn und schwach, dass man ihn kaum noch wahrnehmen konnte.

In seinen Gedanken war er noch oft bei dem Goldschwan, der ihn doch so eindringlich gewarnt hatte, sich vor dem Wucherbaum in Acht zu nehmen und ihn gar nicht erst groß werden zu lassen.

Bis zu seinem Tod sagte der Baumgeist ein kleines Gedicht vor sich her, erst laut, dann immer leiser, bis er schließlich ganz verstummte:

„Meide die, die dich bedrängen,
die dich würgen und sich an dich hängen,
weich ihnen aus – schnell und geschickt,
pass auf, dass niemand dich erdrückt!“

Die Geschichte vom Palasa-Baum (Jataka Nr. 370, das Palasa-Jātaka) erzählte Buddha während einer Regenzeit, die er im Jetahain verbrachte.
Er benutze Jataka, um seinen Zuhörern anschaulich zu machen, wie schnell sich eine schlechte Gewohnheit einnistet und dann nicht mehr wegzubringen ist. Die Ermahnung der Goldgans an den Baumgeist, den Banyanbaum-Samen schnell zu entfernen, noch bevor er ausgekeimt ist, illustriert dies. Deshalb sind, laut der Geschichte des Buddha, zwei Dinge wichtig: erstens zu wissen, was einen schlechten Einfluss auf einen ausübt, und zweitens dem, was Schaden bringen wird, sofort aus dem Weg zu gehen, bevor es zu spät ist.
Buddha schloss die Geschichte mit der Erklärung ab, dass er damals der Goldschwan war.

DER DUFTRÄUBER VOM LOTUS-SEE

Es war einmal vor langer Zeit, da kam in einer Tempelpriester-Familie ein Kind zur Welt. Die Eltern waren überglücklich, denn es schien ein besonderer Segen auf ihrem neugeborenen Sohn zu liegen. Gleich nach der Geburt lachte er und strahlte über das ganze Gesicht. Sie nannten ihn Kiran, was so viel wie „Lichtstrahl" bedeutet. Kaum konnte Kiran laufen und sprechen, wollte er auch schon lesen und schreiben lernen. Mit vier Jahren schrieb er ganze Sätze und mit sechs Jahren las er in den Veden – das ist das heilige Buch der Tempelpriester. Seine Eltern waren unglaublich stolz auf ihn und schickten ihn zu einem sehr bekannten Lehrer, der ihn weiter unterrichtete. Es war sonnenklar, dass Kiran in die Fußstapfen seines Vaters treten und die Leitung des Stadttempels übernehmen würde.

Stundenlang sagte Kiran Gebete auf, und wer wissen wollte, wo etwas in den Schriften stand, der brauchte ihn nur zu fragen. Kiran kannte die Schriften in- und auswendig. Oft saß er mit gekreuzten Beinen in der Meditation versunken da, oder er sang zu Ehren des Gottes Brahma die heiligen Lieder. Dass er zum Priesteramt berufen war und ein heiliger Mann werden würde, bezweifelte niemand.

Kirans größter Wunsch war es, als Einsiedler in die Abgeschiedenheit des Waldes zu ziehen. Er liebte die Einsamkeit. In der

Gegenwart von Menschen fühlte er sich eher unwohl. Meistens waren sie laut, redeten grob miteinander und besprachen so viele unwichtige Dinge, die ihn nicht interessierten. Wovor sich Kiran geradezu fürchtete, waren Diebe, Lügner, Betrüger und Mörder. Er wollte nur das Gute tun, sagen und denken und allem Schlechten aus dem Weg gehen.

Kiran stand kurz vor dem Abschluss seiner Tempelpriester-Ausbildung. Noch in diesem Jahr sollte er die Nachfolge seines Vaters antreten. Natürlich war es Kirans Eltern nicht entgangen, dass ihr Sohn ein ganz und gar reines, heiliges Leben anstrebte. Sie hofften aber, dass er mit der Zeit lernen würde, mit anderen Menschen umzugehen. Sein vorbildlicher Lebenswandel würde für alle ein wunderbares Beispiel sein, und bestimmt würde es viele dazu bringen, sich dem Guten zuzuwenden.
Doch bald ereignete sich etwas, das diese Hoffnungen ganz und gar zunichte machte...

Kiran war auf dem Weg zum Stadttempel und kam gerade am Wirtshaus „Zum roten Hibiskus“ vorbei. Aus dem Inneren der Kneipe drangen lauter Gesang und vielstimmiges Lachen. Plötzlich ging die Tür auf. Ein junger Mann stürmte aus dem Wirtshaus heraus und stieß mit Kiran zusammen. „He, du Depp!“, schrie der junge Mann. „Was läufst du mir in den Weg! Verschwinde, du heiliger Tempeldiener!“
Kiran zuckte zusammen. Die Worte, die der Mann ihm entgegenschleuderte, schmerzten ihn so sehr, als ob er von Steinen getroffen worden wäre.

„Was glotzt du so blöd!“, fauchte der Mann und bückte sich nach dem Sack, der ihm beim Zusammenprall aus der Hand gerutscht war. „Du hast wohl noch nie einen Dieb gesehen, was?“
In Windeseile sammelte er die Geldstücke zusammen, die aus dem Sack herausgekullert waren, und rannte die Straße entlang, um aus der Stadt zu entkommen. Inzwischen hatten die Leute den Diebstahl bemerkt. Sie stürzten aus dem Wirtshaus heraus und entdeckten Kiran, der immer noch völlig schockiert am Straßenrand stand. „He, Priestersohn! Hast du den gemeinen Dieb gesehen, der unser Geld geklaut hat?“, fragte der Wirt und wischte sich seine Hände an der großen blauen Schürze ab, die er um den Bauch gebunden hatte. Die Bestohlenen standen dicht um Kiran herum. „Sag schon! Du musst ihn gesehen haben!“ Der Wirt fasste Kiran bei seinem Gewand und zog daran. „Wo ist er hingelaufen?“, schrie er und schaute ihn aus rot umrandeten Augen an. Die Männer rochen nach Alkohol und abgestandenem Fett. Kiran zitterte und schwankte. Dieser Geruch war für ihn kaum zu ertragen.
„Was starrst du uns so an? Hilf uns lieber den Dieb finden. Mein ganzes Geld ist weg!“, regte sich ein glatzköpfiger Mann auf und knuffte Kiran in die Seite. „Wenn mir der Dieb zwischen die Finger kommt, knüpf ich ihn am nächsten Baum auf.“
„Ich werde dir helfen!“ Ein langer Dünner zog ein Seil aus der Tasche.
„Spuck's schon aus, Priestersohn, wo ist er hin?“ Der dicke Wirt baute sich vor Kiran auf. „Er muss doch mit dir zusammengestoßen sein!“
Kirans Lippen bewegten sich zitternd. Er fühlte, dass der Boden unter seinen Füßen zu schwanken begann. Da schickte er ein

Stoßgebet zum Himmel und bat den höchsten Gott Brahma um Hilfe. Plötzlich durchflutete ihn ein starkes Gefühl von Liebe, und er kam wieder zu Kräften.

„Wenn ihr ihn findet, hängt ihn nicht auf“, sagte Kiran jetzt mit fester Stimme. „Auch er verdient es, dass er vor den Richter geführt wird und eine gerechte Strafe bekommt.“

„Ja, ja, ist schon recht! Machen wir!“, lachte der Wirt und klopfte Kiran besänftigend auf die Schulter. „Sag uns jetzt lieber, wohin er gelaufen ist!“

Kiran deutete die Straße entlang. „Dorthin! Aber tut ihm nichts. Bringt ihn vor den Richter, damit er seine gerechte Strafe bekommt.“

Die Bestohlenen grinsten ihn an. „Bete du mal schön weiter, und lass es unsere Sorge sein, was aus ihm wird“, stieß der lange Dünne hervor.

„Geh in den Tempel und bete für uns, dass wir unser Geld wieder bekommen“, rief der Glatzkopf und verbeugte sich spöttisch vor Kiran. „Bei Erfolg bekommst du einen Teil von unserem Geld als Dankeschön für deine Hilfe.“

Nach diesem Ereignis war es für Kiran endgültig klar, dass für ihn nur die Einsamkeit in Frage kam. Noch am selben Tag teilte er seinen Eltern mit, dass er von nun an ganz alleine als Mönch leben wollte. Er schnürte sein Bündel und machte sich auf in den Wald, in dem es eine leer stehende Einsiedelei gab.

Glücklich über seinen Entschluss bezog Kiran das hübsche kleine Gebäude und widmete sich ganz der Meditation und dem Gebet. Täglich spazierte er ans Ufer des kleines Sees, der sich in der Nähe der Einsiedelei befand. Der See war von hohen Bäumen umsäumt, die sich grün im blauen Wasser spiegelten. Zur Hälfte war der See mit Lotuspflanzen bedeckt, die zur Zeit in herrlichen Farben blühten.
Ein sanfter Wind trug den süßen und zugleich frischen Duft der Lotusblüten in Kirans Richtung. Er lächelte, als er ihn roch, und stieg hinunter zum Ufer, um an den Blüten zu riechen. Vorsichtig setzte er einen Fuß vor den anderen, denn die Böschung war ziemlich steil. Außerdem wollte er nicht auf eine Schlange oder ein anderes Tier treten. Jetzt hatte er das Ufer erreicht und beugte sich zu den Lotuspflanzen hinunter. Mit beiden Händen umfasste er eine besonders große, weit geöffnete Blüte. Gerade als er seine Nase hineinstecken wollte, hörte er plötzlich jemanden rufen:

„Kiran, Einsamkeitssuchender Priestersohn,
ist Duftgenuss deines Strebens Lohn?
Wenn du an dieser Blüte riechen willst,
und deinen Duftwunsch gierig stillst,
Gleichst du dem Dieb, der etwas stiehlt.
Ein Duftdieb bist du, der nicht fühlt,
dass er damit Unrecht tut,
Einsiedler, das ist nicht gut!“

Erschrocken fuhr Kiran herum. In einem Baumspalt stand eine wunderschöne Baumgöttin, die ihn betrübt anschaute.

„Warum darf ich nicht an der Lotusblüte riechen?", fragte er verunsichert die himmlisch Schöne.

„Ich pflück sie nicht, sie bleibt doch ganz,
ich stehle weder Duft noch Glanz!
Ich kann da keinen Diebstahl sehen,
die Pflanze bleibt als Ganzes stehen",

antwortete Kiran und schaute beglückt auf die Baumgöttin. Es geschah nicht oft, dass sich die Himmlischen den Sterblichen zeigten.
In dem Augenblick knackte es laut im Wald und der dicke Wirt vom „Roten Hibiskus" bahnte sich seinen Weg zum Ufer. „Dieses bescheuerte Gestrüpp! Das zerkratzt mir meine Arme und Beine!", fluchte er. Plötzlich blieb er stehen. „Holla, der Priestersohn ist auch da", entfuhr es ihm. Verwundert fuhr er fort: „Was machst du denn hier?"
Als der Wirt erkannte, dass Kiran die große, schöne Lotusblüte mit beiden Händen umfasst hielt, zwinkerte er schelmisch mit den Augen. Er setzte den Eimer, den er trug, ab und zog eine Schaufel hervor. Dann stieg er die Böschung hinunter und watete ein Stück in den von Lotuspflanzen bedeckten See. Rechts und links von ihm brachen Blätter und Blüten ab. Unbeeindruckt davon ging er auf eine besonders üppig blühende Lotuspflanze zu und begann sie auszugraben.
Kiran löste seine Hände von der Lotusblüte, richtete sich auf und schaute mit offenem Mund zu, wie der Wirt eine Lotuspflanze mit Stiel und Wurzel in seinen Eimer warf. Dann wandte er sich zu der schönen Baumgöttin um und sagte:

„Mich, den nur der Duft betört,
und der die Blume gar nicht stört,
nennst du Dieb, der Unrecht tut,
aber was der Wirt tut, das ist gut?
Bei diesem Menschen klagst du nicht?
Der Wirt ist doch der Bösewicht!"

Der dicke Wirt vom „Roten Hibiskus" drehte sich zu Kiran um. „Hast du was zu mir gesagt, Priestersöhnchen?"
„Ich habe nicht mit dir gesprochen", antwortete Kiran hastig und hoffte, dass der Wirt die wunderschöne Baumgöttin nicht entdeckt hatte.
„Mit wem redest du denn dann?" Der Wirt linste neugierig ins Gebüsch. „Ich sehe hier niemand. Fängst du jetzt schon an zu spinnen? Oder warst du schon immer nicht ganz richtig im Kopf und lebst deshalb allein im Wald?!" Vergnügt beugte er sich nieder, um eine zweite Pflanze auszugraben.

Die himmlisch schöne Baumgöttin kam nun aus dem Baumspalt hervor und setzte sich auf einen Ast. Dann sprach sie:
„Dem garstigen Mann, der Böses tut,
fließt das Unrecht-Tun im Blut.
Er hat nur Gier und Zank im Sinn,
und sieht nicht mal, dass ich hier bin."

„Du meinst, er kann dich gar nicht sehen?", fragte Kiran überrascht.

Zornig wandte der Wirt sich um: „Was willst du denn jetzt schon wieder? Lass mich endlich in Ruhe meine Arbeit tun!“

Die Baumgöttin schaute betrübt auf den Wirt:

„Da siehst du, wie es um ihn steht,
und um was es ihm einzig geht:
Etwas zu nehmen, was ihm nicht gehört,
und dass ihn dabei niemand stört.
Dir, der nach dem Guten strebt,
sage ich, wie man richtig lebt.“

Kiran ging auf den Baum zu und kniete nieder. Er senkte seinen Kopf tief vor der Baumgöttin und sprach:
„Bleib bei mir, bring mich zu Verstand,
wenn ich in Selbstsucht mich verrannt!“

„Es war die Gier nach dem Duft der Blüte, die mich zum See hinunter getrieben hat! Wie konnte ich das nur nicht bemerken!“
Dankbar verneigte er sich erneut:
„Bitte bleib bei mir und wache über mein Tun! Und wann immer ich aus Gier etwas tun will und es nicht einmal bemerke, dann halte mich bitte davon ab!“

Die Baumgöttin erwiderte:
„Zu einfach wäre, wenn ich dich,
ermahnen würde ewiglich.
Selber musst du es erkennen
und vom falschen Tun dich trennen.

Frei bin ich und ungebunden!
Nur in ganz besond'ren Stunden,
wende ich mich Menschen zu,
meistens lass ich sie in Ruh.
Schwer nur sind sie zu belehren,
lieben, Streit und Gier zu mehren,
doch den Weg zu guten Taten
lassen sie sich ungern raten."

Es platschte laut im Wasser, der Wirt stapfte mit zwei prachtvollen Lotuspflanzen im Eimer aus dem See heraus. „Du hast sie echt nicht mehr alle, Priestersohn! Ich habe dich schon wieder reden hören. Mit dem Baum da hast du gesprochen."
Er deutete auf die wunderschöne Göttin. „Da ist aber nur ein dämlicher trockener Baumstamm und ein paar grüne Blätter, mit denen du redest. Du hast echt einen Dachschaden. Nur gut, dass du hier allein im Wald lebst, dann störst du keinen von uns."
Er packte die Schaufel und den Eimer und verschwand im dichten Grün des Waldes. Die Göttin zog sich wieder in ihr himmlisches Reich zurück. Kiran allerdings nahm sich ihre Worte zu Herzen. Wann immer er nur den kleinsten Wunsch nach etwas in sich auftauchen fühlte, dachte er an die Lotusblüte, die er riechen wollte. Sofort verschwand der Wunsch, der in ihm gewesen war. Streit und Zorn hatte er schon abgelegt, als er in den Wald aufgebrochen war, um als Einsiedler zu leben. Mit der Zeit wurde Kirans Herz auch frei von jedem Habenwollen. Noch immer ging er gerne am Ufer des Lotussees spazieren und erfreute sich an dem tiefen Frieden, der über ihm lag. Die himmlisch schöne Göttin sah er nie mehr, doch er spürte ihre Gegenwart, wann immer er in der Nähe ihres Baumes war.

Die Geschichte von der Lotosblume (Jataka Nr. 392, das Bhisapuppha-Jātaka) erzählte Buddha, als er sich mit seinen Mönchen im Jetavana, dem Hain des Jeta, aufhielt. Dieser Hain liegt in Nordindien im Bundesstaat Uttar Pradesh, unweit der Stadt Shravasti. Ein Schüler des Buddha, der vermögende Kaufmann Anathapindika, soll den Park dem Prinzen Jetakumara abgekauft haben, daher der Name Jeta-Vana, Hain des Jeta. Buddha liebte diesen Ort, er soll 19, andere überliefern sogar 24, Regenzeiten dort verbracht haben.

Die Geschichte von der Lotusblume soll Buddha erzählt haben, als ein Mönch ihm berichtete, dass er an einem Lotusteich an einer Blüte riechen wollte und dabei von einer Gottheit zurückgehalten worden war, dies zu tun. Buddha erklärte, dass dies nicht nur diesem Mönch passiert sei, sondern vor langer Zeit auch schon einem anderen. Er schloss seine Erzählung mit den Worten ab: „Damals war die himmlisch schöne Baumgöttin Uppalavanna, der Asket war ich."

Uppalavanna war die Tochter eines reichen Geschäftsmannes aus Shravasti, die für ihre Schönheit weithin bekannt war. Als sie Nonne und Schülerin des Buddha geworden war, machte sie sehr schnell Fortschritte in der Meditation und erlangte die Befreiung.

Der schwarze Löwe sieht rot

Es war einmal vor langer Zeit, da lag versteckt zwischen den sanften Hügeln, die sich vor den mächtigen Schneebergen erheben, ein Gold-Wald. Seinen Namen hatte er von den goldglänzenden Lichtstrahlen, die zwischen den Bäumen tanzten. In dem Wäldchen herrschte ein tiefer Frieden, eine Ruhe lag in der Luft, die man fast mit der Nase erschnuppern konnte. Das rührte von den vielen Baumgottheiten, die das Waldstück bewohnten und dem Wäldchen den ungewöhnlichen Glanz verliehen. Der Anführer dieser Baumgottheiten war ein sehr mächtiger, alter Baumgott, der in einem großen, stattlichen Mangobaum lebte. Er kannte die Welt schon, als da, wo jetzt das Wäldchen lag, das Ufer eines großen Meeres war. Wegen seiner Erfahrung und seiner unermesslichen Weisheit wurde er von allen geliebt und verehrt.

„Irgendetwas stimmt hier schon seit einiger Zeit nicht mehr", meinte eines Tages die Frau des alten Baumgottes, die mit ihm zusammen im Mango-Baum wohnte. „Ich spüre es auch", erwiderte ihr Mann und schüttelte ein paar Regentropfen von den Blättern an den Zweigen seines Wohnbaumes. „Der Wind weht stärker als früher. Es regnet mehr und länger als noch vor ein paar Jahren. Und die Gewitter, die die Hügel entlangziehen, toben viel heftiger." Die alte Baumgöttin schaute in Richtung des Flusses, der sich in der Ferne als glänzendes Band abzeichnete. „Die jüngeren Baumgötter geraten wegen jeder Kleinigkeit in

Streit. Außerdem sind sie ziemlich bequem und vergnügungssüchtig geworden", fügte sie hinzu.

„Das hängt alles miteinander zusammen", brummte der Baumgott. „Auch die Tiere werden immer gereizter und selbstsüchtiger. Die Menschen sind sowieso nur an ihrem eigenen Vorteil interessiert. Bald wird der Wald seinen wunderbaren Glanz verlieren", meinte er traurig.

Die alte Baumgöttin wiegte bedächtig ihr Haupt und hob einen Finger in die Höhe. „Wenn mich nicht alles täuscht, wird aus diesem Lüftchen, das mit den Blättern spielt, heute noch ein heftig blasender Sturm werden. Äste könnten von den Stämmen gerissen werden und alte Bäume, die nicht mehr fest im Boden verwurzelt sind, könnten umstürzen."

„Oho, oho! Du hast Recht!", bestätigte der alte Baumgott seine Frau und blickte auf die Zweige, die sich inzwischen unruhig im Wind bewegten. „Schau, es geht schon los!"

Das alte Ehepaar zog sich ins Innere ihres Mangobaumes zurück, so wie es die anderen Bewohner des Gold-Waldes ebenfalls taten.
Die Füchse versteckten sich in ihren Höhlen, die Vögel suchten Unterschlupf an windgeschützten Stellen. Hasen und Kaninchen zogen sich in ihren Bau zurück, die größeren Tiere begaben sich an Plätze, an denen der Sturm nicht ungebremst toben würde. Auch ein schwarzer Löwe suchte sich einen Unterschlupf, der ihn vor dem herannahenden Unwetter schützen könnte. Als der Wind begann, sich in seiner mächtigen Mähne zu verfangen und diese zu zerzausen, entdeckte er einen großen, starken Phandana-Baum. Er kroch unter die tief herabhängenden Äste, schmiegte sich eng an den Baumstamm und wartete ab. Der Sturm rüttelte heftig an den Zweigen des Phandana-Baumes, der in voller Blüte stand. Er blies mit voller Kraft in sie hinein, sodass fast alle der wunderschön gefiederten roten Blüten zu Boden fielen. Nicht wenige ließen sich auf der Mähne und dem Fell des schwarzen Löwen nieder.

Endlich wurde der Sturm schwächer und flaute schließlich ganz ab. Der Löwe erhob sich, streckte seine Glieder und schüttelte die Blüten von sich. Er wollte gerade unter den Ästen durchschlüpfen, als völlig unvermutet eine heftige Böe durch den Gold-Wald fegte. Sie rüttelte an den Zweigen und heulte durch die Baumkronen, die bedenklich knarrten. Vom Phandana-Baum löste sich ein trockener Ast und fiel herunter.
„Aiiiii, aiiiiii!“, jaulte der Löwe auf. Ein höllischer Schmerz tobte durch seinen Körper. Der Löwe riss sein Maul auf und brüllte markerschütternd: „Wer hat diesen Ast nach mir geworfen?!

Welcher Feigling war das? Zeige dich mir!“ Der schwarze Löwe schaute wild um sich. Mit stechendem Blick suchte er die Umgebung ab, doch er konnte niemanden entdeckten. Die Sträucher und Bäume wiegten sich sanft im Wind, der jetzt wieder deutlich nachgelassen hatte.

Der Löwe drehte sich zum Phandana-Baum um und knurrte: „Du gemeiner, frecher Mistbaum!“, stieß er hervor. „Du warst es, der den Ast nach mir geworfen hat! Es ist mir nicht entgangen, dass in diesem Baum ein Baumgott wohnt“, donnerte er den Baum an. „Gibt es zu, du mieser Gott! Du hast etwas dagegen, dass ich unter den Zweigen deines Baumes Schutz suche! Gegen Hasen, Vögel und Eidechsen hast du nichts. Aber mich kannst du nicht leiden!“

In der Tat war der Phandana-Baum von einer Baumgottheit bewohnt. Es war noch ein junger und unerfahrener Baumgott, der noch nicht sehr viel mit Menschen und Tieren zu tun gehabt hatte. Normalerweise traf er sich mit anderen Jung-Göttern und Jung-Göttinnen, um am Fluss zu feiern. Er war Mitglied einer Tanzgruppe und gerade hatte er mit einer jungen Göttin, die in einem hübschen Hibiskusstrauch lebte, angebandelt. Er schwänzte auch ziemlich regelmäßig den Unterricht des alten Baumgottes, in dem die jungen Göttinnen und Götter die Grundlagen eines guten und tugendhaften Baumgottlebens beigebracht bekamen. Die ständigen Ermahnungen, dass man einander helfen sollte, nicht lügen, nicht stehlen und keine Dinge hinter dem Rücken von anderen machen sollte, nervten den jun-

gen Baumgott gewaltig. Er fand den Unterricht sterbenslangweilig und überflüssig.
Als der junge Baumgott die Anschuldigungen und das wütende Knurren des Löwen hörte, wurde es ihm ganz mulmig zumute. Er hatte nicht mitbekommen, dass der Löwe sich unter den Ästen des Phandana-Baumes vor dem Sturm versteckt hatte. Natürlich müsste er sich jetzt sofort um den Löwen kümmern und ihm vielleicht sogar die Wunde versorgen, falls dieser eine hatte. Dem Jammern und Wehklagen nach schien der Löwe heftige Schmerzen zu haben. Aber der junge Baumgott hatte jetzt absolut keine Lust dazu, Krankenpfleger zu spielen. Er hatte mit seiner Freundin ausgemacht, dass sie sich am Abend unten am Fluss treffen wollten, und wer wusste denn, wie lange das mit dem Löwen dauern würde. Also tat er so, als sei er nicht da, und hoffte darauf, dass der Löwe bald abziehen würde.

Dem Löwen brummte gewaltig der Schädel. Eine dicke Beule erhob sich zwischen seinen Ohren. „Komm schon heraus!“, brüllte der Löwe. „Warum hast du den Ast nach mir geworfen? Ich bin vollkommen unschuldig! Ich habe dir überhaupt nichts getan!“
Er wälzte sich im roten Blütenmeer unter dem Baum, in der Hoffnung, dass dadurch sein Schmerz nachlassen und seine Wut verrauchen würde. Doch es half nichts.
„Andere Tiere dürfen sich, so lange sie wollen, unter deinem Blätterdach aufhalten. Manche fressen dir sogar die Blüten weg und du hast nichts dagegen. Und nach mir wirfst du einen Ast!“
Der Löwe steigerte sich weiter in seine Wut hinein. „Das ist total ungerecht!“ Er fletschte die Zähne und spreizte seine Krallen gegen den Baum: „Dir werde ich es zeigen!“

Murrend und knurrend lief er los in Richtung des Weges, auf dem ab und zu Menschen unterwegs waren. Vielleicht könnte er einen von ihnen erschrecken, sodass der Mensch schreiend vor Angst weglaufen würde. Das würde ihm sicher helfen, seine Wut abzureagieren. Menschen erschrecken half ihm eigentlich immer, wenn er schlechter Laune war. Der Schmerz hämmerte in seiner Beule, die immer größer zu werden schien. Der Löwe hatte das Gefühl, dass sein Kopf bald platzen würde.
„Oha, ich habe Glück!“, freute er sich, als er einen Ochsenkarren den Weg entlangholpern sah. Auf dem Kutschbock saß ein Mensch, der anscheinend in den Wald wollte. Der Löwe sprang vor den Ochsenkarren und brüllte: „Stopp!!!“
Der Ochse blieb wie angewurzelt stehen und der Mann auf dem Karren fiel fast herunter vor Schreck. Seine Knie schlotterten. „Ha-ha-hast du 'Stopp' gesagt?“, stotterte er.

Der Löwe fühlte sich schon besser, als er sah, wie viel Angst die beiden vor ihm hatten.
„Das hast du ganz richtig gehört!", antwortete der Löwe und lachte laut, was in den Ohren von Ochs und Mensch sehr, sehr gefährlich klang.
„Ein-ein Löwe, der-der-der unsere Sprache spricht?", stotterte der Mensch. „Bist du, bist d-du ein-ein Wesen aus einer anderen Welt?"
„Hahaha!", lachte der Löwe erneut. Seine Beule tat ihm jetzt so gut wie gar nicht mehr weh. Da fiel sein Blick auf das Beil, das auf dem Karren lag – und – hatte eine großartige Idee.

In der allerschönsten Menschensprache reimte er:

„Ein scharfes Beil liegt auf dem Wagen,
du wirst mir sicher gerne sagen,
was du damit gedenkst zu tun,
sicher nicht im Walde ruh'n?"

Der Mann rieb sich erst die Augen, dann die Ohren. Einen in Reimen sprechenden Löwen hatte er noch nie gesehen. Es war ihm auch noch keine Geschichte erzählt worden, in der ein solcher vorgekommen wäre.
Er dachte kurz nach, dann antwortete er so höflich und ehrerbietig wie er nur konnte und bemühte sich, ebenfalls in Reimen zu sprechen:

„Du bist kein Löwe wie die andern,
die mordlustig durch Wälder wandern,

Klugheit und Sprache sind dir eigen,
kannst du mir ein Hartholz zeigen?
Denn ich bin ein Zimmermann,
such' einen Baum, den ich fällen kann."

Der Löwe schüttelte seine mächtige Mähne und stieß ein wohliges Knurren aus, das bei Ochse und Zimmermann den Blutdruck in die Höhe trieb. Dass er so schnell wieder in bester Stimmung sein würde, hätte er noch vor wenigen Minuten nicht für möglich gehalten.

„Für Hartholz weiß ich einen Baum,
Akazienholz taugt dafür kaum,
auch Salabaumholz ist ein Mist,
ich weiß ein Holz, das besser ist!"

Im Zimmermann machte sich ein großes Glücksgefühl breit. Der Löwe vor ihm schien tatsächlich ein Märchenlöwe zu sein, der gekommen war, um ihm einen Wunsch zu erfüllen. „Wirklich?!", sagte er dankbar und rieb sich die Hände. „Ich brauche das Holz für einen Radkranz. Es muss sehr fest und zugleich biegsam sein!"

„Ich weiß einen Phandana-Baum,
ein bess'res Holz findest du kaum.
Sein Wuchs ist hoch, er steht nicht weit,
jetzt ist genau die rechte Zeit,
den Stamm mit einem Beil zu trennen,
und seine Wurzeln zu verbrennen."

Der Zimmermann klimperte im Geiste schon mit den Goldmünzen, die er für den Wagen, den er aus dem Holz zimmern würde, bekommen konnte. Zwar hatte er noch nie davon gehört, dass man nach dem Fällen eines Baumes auch die Wurzeln verbrannte, aber wenn der Löwe es so wollte, warum nicht. Er ging hinter dem Löwen her, der ihn zum Phandana-Baum führte.
„Viel Spaß beim Fällen!“, schnurrte der Löwe und strich um den Stamm herum. „Während du die Axt anlegst, werde ich nach deinem Ochsenkarren schauen, damit ihn keiner stiehlt!“, versprach er und wandte sich zum Gehen.
Der Zimmermann begutachtete den Stamm und überlegte, an welcher Stelle er die Axt ansetzen sollte, damit der Baum in eine gute Richtung fallen würde. Wie aus dem Nichts tauchte plötzlich ein Waldarbeiter vor ihm auf. „Holla, Zimmermann!“, begrüßte dieser ihn freundlich. „Da hast du dir aber einen guten Baum ausgesucht! Wofür willst du sein Holz verwenden?“
„Das Phandana-Holz ist sehr hart und zugleich extrem biegsam“, antwortete der Zimmermann.
„Ich will Räder für einen Wagen daraus machen.“
„Vortrefflich! Besseres Holz für diesen Zweck findest du nicht. Weißt du auch, womit man die Radnaben so gut wie unzerstörbar machen kann?“
Der Zimmermann wusste aus Erfahrung, dass die Radnaben die Schwachstelle eines jeden Rades waren. Da sie die Speichen zusammenhielten, mussten sie ausgesprochen stabil sein und zugleich nachgiebig. Sehr oft passierte es, dass die Nabe schon nach wenigen Tagen brach.
„Das Holz des Phadana-Baumes ist, denke ich, das beste für eine Nabe!“, meinte der Zimmermann und deutete auf den Baum.

„Es gibt etwas viel Besseres!“ Der Waldarbeiter verschränkte die Arme vor der Brust. „Du brauchst das Fell eines schwarzen Löwen. Daraus schneidest du Streifen von vier Zoll und die legst du wie eine eiserne Platte um den Kreis des Radkranzes herum. Dann wird dein Radkranz fest werden und niemals brechen. Du kannst sehr viel Geld dafür verlangen!“

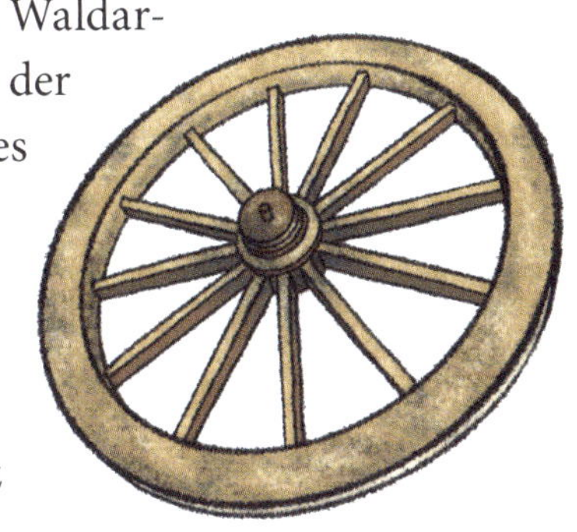

„Das mag schon sein“, antwortete der Zimmermann. „Aber woher soll ich denn das Fell eines schwarzen Löwen bekommen?“
Nun brach der Waldarbeiter in schallendes Gelächter aus. „Ganz einfach! Wer hat dir denn den Tipp mit dem Phandana-Baum gegeben?“
„Äh, das war ein schwarzer Löwe!“, gab der Zimmermann zurück.
„Na siehst du!“, erwiderte der Waldarbeiter. „Und wo ist der Löwe jetzt?“
„Auf dem Weg zu meinem Ochsenkarren!“
„Nun denn! Dann hol ihn zurück und bitte ihn, dir die beste Stelle zu zeigen, wo du deine Axt am Baum anlegen sollst. Wenn er mit der Schnauze an den Stamm zeigt, dann schlägst du mit deiner scharfen schweren Axt zu und tötest ihn!“

Die Augen des Zimmermanns leuchteten. Heute war nun wirklich sein Glückstag. Er ließ die Axt fallen und rannte dem Löwen hinterher.

Der junge Baumgott grinste zufrieden. Er löste die Gestalt des Waldarbeiters, in die er sich verwandelt hatte, wieder auf, und zog sich in den Baum zurück. Dort wartete er voller Vorfreude auf den tödlichen Hieb, der dem Leben des Löwen ein Ende setzen würde. Dass auch er zusammen mit dem Baum zugrunde gehen würde, daran dachte er gar nicht. Denn die Freude über die Rache, die er am Löwen nehmen konnte, überdeckte alle anderen Überlegungen.

Als der Todesschrei des Löwen durch den Wald hallte und kurz darauf von vielen Axthieben erschüttert der Phandana-Baum mit lautem Krachen fiel, sahen sich der alte Baumgott und seine Frau traurig an.

„Wozu das Ganze?“, fragte die Baumgöttin mit großem Bedauern.

Der alte Baumgott zuckte unglücklich die Schultern. „Beider Tod ist vollkommen sinnlos. Was hätten sie noch alles Gutes tun und Schönes in dieser Welt erleben können.“

„Wut und Rachlust vernebeln die Sinne,
wie im Netz von einer Spinne,
eingewickelt und beengt,
vergisst man ganz, wie man klar denkt.
Klarheit, Freude, Liebe, Glück,
kommen so niemals zurück“,
sprach der alte Baumgott, und die alte Baumgöttin fasste ihren Ehemann bei der Hand. „Lass uns mit gutem Beispiel vorangehen“, schlug sie vor. „Das hilft vielleicht mehr als die vielen Worte, mit denen du die jungen Götter bei deinem Unterricht auf den richtigen Weg führen möchtest.“

Der alte Baumgott nickte. Zusammen gingen sie von Baum zu Baum und fragten nach, ob alle den Sturm gut überstanden hatten. Wenn sie Tieren auf dem Weg begegneten, dann erkundigten sie sich, ob diese Hilfe benötigten. Viele der Baumgötter, die den sinnlosen Tod des Löwen und des Phandana-Baumgottes mitbekommen hatten, schlossen sich ihnen an, und ein Glanz erfüllte den Wald, dass man meinen konnte, die Sonne würde scheinen. Es war aber die innere Sonne ihrer Herzen, die strahlte, denn am Himmel zogen weiter dunkle Regenwolken auf.

Die Geschichte vom Phandana-Baum (Jataka Nr. 475, das Phandana-Jātaka) erzählte Buddha angesichts eines schlimmen Streites seiner Verwandten um das Wasser des Rohini-Flusses, der fast in einem Krieg geendet hätte, wenn Buddha nicht eingegriffen hätte. (Diese Geschichte wird im Jataka 536, der Erzählung von Kunala, ausführlich erzählt. Sie bildet auch den Hintergrund für die Geschichte von der Baumtugend (Jataka Nr. 74, das Rukkhadhamma-Jātaka), auf Seite 8.
Am Ende erklärt Buddha, dass er damals der Baumgott war, der den Streit zwischen der Gottheit im Phandana-Baum und dem schwarzen Löwen beobachtet hatte.

WENN ZWEI SICH STREITEN, FREUT SICH DER DRITTE

Vor langer Zeit lebte am Ufer eines breiten Flusses unter den weit ausladenden Ästen eines großen, alten Baumes ein Schakal-Ehepaar, Herr und Frau Grasblume.

Ihr Name rührte von Herrn Grasblumes Fell, das genau die Farbe von blühendem Gras hatte. Eigentlich hieß er Mayavi. Der Name seiner Frau war Siddhavi. Den beiden ging es im Schatten des von einem Baumgott bewohnten Baumes ausgezeichnet. Sie hatten selten Streit und genossen den Frieden und die Ruhe, die um ihre Wohnung herum zu spüren waren.

„Mein lieber Mann!“, hörte der Baumgott Siddhavi mit sanfter Stimme sprechen. „Ich habe seit heute morgen einen riesig großen Appetit auf einen frisch gefangenen Fisch. Ich kann gar nicht aufhören, daran zu denken, wie gut der mir jetzt schmecken würde.“

Mayavi wackelte mit den Ohren und lachte: „Solche Heißhungerattacken kenne ich gut! Weißt du noch gestern?“

Siddhavi schmunzelte. „Du meinst, als du unbedingt Mistkäfer essen wolltest?“

„Ja, genau!“, antwortete Mayavi.

„Und ich wusste, wo du welche finden kannst!“, meinte Siddhavi und schmiegte sich an ihren Ehemann.

„Ich könnte mich revanchieren...“, antwortete Mayavi und stupste sie zärtlich an, „...und versuchen, einen Fisch für dich aufzutreiben.“
Siddhavi lachte: „Und wie, mein lieber Mann, willst du das anstellen? Du kannst ja nicht einmal schwimmen?“
Mayavi sträubte das Fell, öffnete das Maul und japste nach Luft. Dann legte er sich auf den Rücken und tat so, als würde er ertrinken. Seine Frau brach in schallendes Gelächter aus. „Vielleicht versuchst du es besser mit Angeln?“, neckte sie ihn.

„Mir wird schon etwas einfallen!“, brummte Herr Grasblume. Er gab seiner Frau einen liebevollen Stupser mit der Nase und machte sich auf den Weg zum Fluss.

Die Baumgottheit, die das Gespräch mitbekommen hatte, erkannte mit ihrem klaren Weitblick, dass Mayavi nicht weit würde laufen müssen. Denn am Flussufer waren gerade zwei Fischotter damit beschäftigt, Fische zu fangen. Mayavi lief genau auf sie zu und würde in wenigen Minuten auf sie treffen.

Gambhi und Anuti, so hießen die beiden Fischotter, jubelten: „Schau mal diesen großen roten Fisch! Endlich taucht mal ein richtig dicker Brummer auf!" Gambhi lief das Wasser im Fischottermund zusammen. „Genau der Richtige für uns zwei!", rief er und stürzte sich ins Wasser. Er tauchte dem roten Fisch hinterher und packte ihn am Schwanz. Doch der rote Fisch war stark. Er schwamm weiter und zog den Fischotter mit sich in die Tiefe. Gambhi ließ nicht los, sondern klammerte sich so fest er konnte an den Schwanz des Fisches.

Anuti fackelte nicht lange und stürzte sich nun seinerseits in die Fluten. „Halt seinen Schwanz schön fest! Ich komme!" Pfeilschnell schoss er dem roten Fisch hinterher. Da dieser nicht so schnell entkommen konnte, wie er wollte, weil ja Gambhi an ihm hing, hatte Anuti ihn bald erreicht und packte nun seinerseits den roten Fisch am Schwanz. Mit vereinten Kräften gelang es den beiden Fischottern, den Rotfisch an die Wasseroberfläche zu ziehen und ihn dann ans Ufer zu werfen. Da der rote Fisch, anders als die Fischotter, Kiemen hatte und an Land keine Luft bekam, starb er auf der Stelle.

„Boah, der ist wirklich riesig!“ Anuti ging um den Fisch herum.
„Heute ist unser Glückstag!“, freute sich Gambhi. „Der ist doppelt so lang wie wir beide zusammen!“
„Lass ihn uns teilen“, forderte Anuti seinen Freund auf.
„Am besten in der Mitte!“, schlug Gambhi vor. „Vielleicht hier?“ Er zeigte an eine Stelle, einige Zentimeter unterhalb der Kiemen des roten Fisches.
„Das ist aber nicht die Hälfte“, beschwerte sich Anuti. „Also das muss schon gerecht sein. Wir haben uns beide gleichermaßen angestrengt.“
„Dann vielleicht hier?“, meinte Gambhi jetzt und deutete einen Zentimeter höher als vorher.
„Das ist ja noch ungerechter!“, schimpfte Anuti. „Lass mich mal machen!“
Anuti zeigte an eine Stelle knapp unterhalb der Kiemen.
„Spinnst du? Das ist doch auch überhaupt nicht die Hälfte!“, fauchte Gambhi. „Also so geht das nicht!“
„Was machen wir denn jetzt? Wir beide können den Fisch einfach nicht gerecht teilen!“, jammerte Anuti.
Plötzlich hörten sie, dass jemand pfeifend und singend am Ufer entlang spazierte.
„Oh, schau mal, da kommt Herr Grasblume, der Schakal! Wir fragen ihn, ob er uns helfen kann!“, rief Anuti erfreut. Sie sprachen den Schakal freundlich an und erläuterten ihr Problem.

Mayavi hörte aufmerksam zu, dann antwortete er. „Nichts einfacher als das!“, meinte er. „Gerne helfe ich euch beim Teilen dieses Prachtexemplars von einem Fisch.“
„Sooo?“ Die beiden Fischotter sahen ihn mit großen Augen an.
„Dann mal los!“, forderte Gambhi den Schakal auf.
„Wenn du es hinbekommst, dass wir beide zwei gleich große und gleich gute Teile bekommen, dann darfst du dir auch einen Teil nehmen!“, meinte Anuti und schaute seinen Freund fragend an.
„Einverstanden!“, nickte dieser.
„Sehr gut!“, antwortete Herr Grasblume. Er zupfte den Fisch am Schwanz, schaute ihm ins Maul, schnupperte an den Kiemen und am Bauch und dann verkündete er sein Urteil:
„Wir teilen ihn in drei gleich große Teile: Anuti bekommt den Schwanz, Gambhi den Kopf und ich bekomme das Mittelstück“, meinte der Schakal und zerteilte den Fisch.
Er reichte Gambhi den Kopf, den Schwanz gab er Anuti und für sich selbst behielt er das Mittelstück. „Nun hat jeder von euch beiden ein gleich großes und gleich wertvolles Stück!“, meinte der Schakal, nahm seinen Teil ins Maul und machte sich eilig auf den Heimweg. Die beiden Fischotter schauten ihm verdattert hinterher.
Anuti schnupperte am Schwanzstück. „Das ist überhaupt nichts wert. Nur Haut und Gräten!“
Gambhi schnüffelte an seinem Fischkopf herum: „Diesen Kopf kannst du vergessen. Da ist nichts Essbares dran!“
„Beide sind so gut wie nichts wert“, jammerte Anuti. „Hätten wir uns nur nicht gestritten!“
„Dann hätte jetzt jeder von uns ein richtig großes Stück Fischfleisch zwischen den Zähnen, und wir wären satt und zufrieden“,

schniefte Gambhi. „Wie konnten wir nur so dumm sein und uns streiten!“
„Vor allem, wo wir doch eigentlich Freunde sind!“ Gambhi schaute Anuti betrübt an.

Während die zwei Fischotter sich gegenseitig bedauerten, hatte Herr Grasblume schon sein Zuhause erreicht und überreichte seiner Frau voller Stolz das Mittelstück des roten Fisches.
„So ein großes Stück Fischfleisch!“, freute sich Siddhavi, das Wasser lief ihr im Mund zusammen. „Du bist mein großer Held!“ Sie nahm einen großen Bissen und kaute genüßlich darauf herum. „Wie bist du denn als Nichtschwimmer an diesen Fisch gekommen?“, fragte sie und nahm den zweiten Bissen. „Wenn ich das richtig sehe, ist das Fleisch von einem roten Fisch, und rote Fische tauchen bei Gefahr sofort ab, sehr tief ab“, fügte sie kauend hinzu.

Herr Grasblume lachte und erzählte seiner Frau, wie ihm der Streit der beiden Fischotter den Mittelteil des Fisches verschafft hatte. Siddhavi schmunzelte. „Wunderbar, wie du das gemacht hast. Du bist ein gewitztes Kerlchen!“, freute sich Frau Grasblume und gab ihrem Mann einen Kuss auf die Schnauze. „Willst du auch mal probieren?“, fragte sie ihn. „Der Fisch schmeckt vorzüglich!“

Die Waldgottheit, die das alles beobachtet hatte, wiegte ihr Haupt: „Wenn zwei sich streiten, freut sich der Dritte!“

Der Hintergrund der Geschichte von Schakal Grasblume (Jataka Nr. 400, das Dabbhapuppha-Jātaka) ist folgender: Upananda, ein Mitglied der Königsfamilie der Sakyer, aus der auch Buddha stammte, war Mönch geworden. Er hatte aber seine schlechten Gewohnheiten nicht aufgegeben und war nach wie vor sehr habgierig und verschlagen. Wenn die Regenzeit kam, in der die Mönche sich in ein Kloster zur Meditation zurückziehen und die Laien ihnen neue Gewänder und Almosenschalen spenden, tat er so, als hielte er sich in drei Klöstern auf. In einem ließ er seinen Sonnenschirm und seine Schuhe, in einem anderen ließ er seinen Wanderstab und seinen Wasserkrug und im dritten wohnte er. So bekam er in drei Klöstern Geschenke von der Bevölkerung.

Upananda war ein ausgezeichneter Redner. Er hielt viele Vorträge, die von den Mönchen gerne besucht wurden. In der Regenzeit hatte er vor allem ein Thema, über das er sprach. In flammenden Worten und mit großer Überzeugungskraft pries er den Wert der Bedürfnislosigkeit und legte dar, wie wichtig es für Mönche ist, dass sie sich wirklich darum bemühten, von ihrem Wunsch nach dem Besitz schöner Dingen loszulassen. Daraufhin trugen die Mönche all die schönen Roben herbei, die ihnen geschenkt worden waren, und übergaben sie Upananda. Für sich selbst nähten sie sich Gewänder, die sie aus Lumpen zusammensuchten. Ebenfalls tauschten sie die silbernen Almosenschalen, die sie eigentlich hatten behalten wollen, gegen Schalen aus Holz und Ton ein, und gaben die silbernen Upananda. Dieser ließ alles auf einen Wagen laden und zog damit zum Jetahain, um Buddha und den dortigen Mönchen zu zeigen, wie viel er bekommen hatte. Denn es heißt, dass vor allem die Mönche, die von der Bevölkerung geliebt und verehrt werden, sehr viel Unterstützung und kostbare Geschenke bekommen. Auf dem Weg zum Jetahain kam Upananda an einem Kloster vorbei. Er überlegte, dass er von dort vielleicht auch noch etwas bekommen könnte, und legte eine Rast ein. Die zwei alten Mönche, die im Kloster wohnten, freuten sich sehr, als sie ihn kommen sahen. Sie hatten nämlich von der Dorfbevölkerung zwei grobe Tücher und ein feines Tuch geschenkt bekommen. Diese drei Tuchstücke konnten sie aber nicht gerecht untereinander aufteilen. So fragten sie Upananda, ob er ihnen dabei helfen könnte. Der legte die drei Tuchstücke vor sich hin und meinte: „Die beiden groben Gewänder sind für euch, das feine wollene Tuch ist für mich." Er nahm es und zog weiter zum Jetahain. Die beiden alten Mönche waren ziemlich verärgert und begleiteten ihn zum Jetahain-Kloster. Als sie dort angekommen waren, suchten sie sofort den Buddha auf, erzählten, was vorgefallen war, und fragten: „Verehrter Meister, ist es einem Mönch erlaubt, andere Mönche so auszuplündern?"

Zur gleichen Zeit traf Upananda mit seinem voll beladenen Wagen im Jetahain-Kloster ein. Die Mönche versammelten sich ehrerbietig um Upananda und seinen Wagen und sprachen voller Bewunderung: „Du musst sehr großzügig im letzten Leben gewesen sein, dass dir so viel gespendet wird. Außerdem musst du ein ausgesprochen beliebter und herzensguter Mönch sein, dass dir die Bevölkerung so viele kostbare Dinge schenkt!"

Nun bemerkte Buddha, dass sich viele Mönche um einen Neuankömmling versammelten, und er ging selbst hin, um zu schauen, was der Grund für den Menschenauflauf sei. Als er sah, dass es sich um Upananda handelte, fragte er ihn, wie er an all die schönen Gewänder und edlen Schalen gekommen sei. Da antwortete dieser wahrheitsgemäß, dass er sie von den Mönchen bekommen habe, weil er ihnen Genügsamkeit gepredigt habe. Daraufhin antwortete Buddha:

„Bevor man andere in Genügsamkeit belehrt,
ist unabdingbar, dass man selbst nichts mehr begehrt,
Und kein Interesse mehr hat am Besitz schöner Sachen,
Ansonsten wird man sich nur lächerlich machen.
Diebstahl ist es, was Upananda beging,
Habgier ist der Grund, mit dem alles anfing."

Nachdem Buddha dies gesagt hatte, erklärte er, dass Upananda schon in früheren Leben voller Habgier war und andere um ihren Besitz gebracht hatte. Um das zu illustrieren, erzählte er die Geschichte von Schakal Grasblume. Er beendete das Dabbhapuppha-Jataka mit folgenden Worten: „Damals war der Schakal Upananda, die Fischotter waren die zwei alten Mönche; die Baumgottheit aber, die diesen Vorgang selbst beobachtete, war ich."

Liebe erwachsene Mitleser,

Die im Buch versammelten zehn Geschichten sind Nacherzählungen von buddhistischen Jatakas, was übersetzt „Geburtsgeschichten“ bedeutet. Es sind 547 solcher Jatakas überliefert, die von den früheren Leben des Buddha handeln, die er bei verschiedenen Gelegenheit seiner Zuhörerschaft erzählt hat, um eine aktuelle Situation in den größeren „karmischen“ Zusammenhang zu stellen. In seinen früheren Leben war Buddha nicht nur als Mensch oder Tier wiedergeboren worden, sondern auch als Baumgott, was uns Europäer vielleicht zunächst befremdet. Doch auch die abendländische Tradition kennt die Verehrung von Bäumen und darin lebenden göttlichen Wesen, Nymphen, Feen oder Wald- und Baumgöttern. Gerade in Zeiten, in denen die Wälder und Bäume von Abholzung und Vernichtung durch Brände oder den Klimawandel bedroht sind, erinnern diese Geschichten uns daran, dass Bäume mehr sein können, als nur Rohstofflieferanten oder zum ästhetischen Genuss und zur Erholung einladen. Mit etwas Imaginationskraft ist vorstellbar, dass sie neben vielfältiger Flora, Fauna und reicher Kleintierwelt vielleicht tatsächlich auch mächtige, freundliche, weise göttliche Wesen beherbergen.

Jeder Nacherzählung ist zudem ein kleines Nachwort beigegeben, in dem erklärt wird, zu welcher Gelegenheit Buddha die Geschichte erzählt hat.

Im Original (in dt. Übersetzung) sind die Jatakas nachzulesen unter: https://www.palikanon.com/khuddaka/jataka/j00.htm

Andrea Liebers

Andrea Liebers ist Kinder- und Jugendbuchautorin. Sie studierte Germanistik und Latein des Mittelalters und promovierte über das Thema „Wundergeschichten". In ihrer Edition Kimonade möchte sie die asiatischen Weltanschauungen, allen voran den Buddhismus mit seiner Weisheit, Ruhe, Frieden und Energie, frisch und unkompliziert vermitteln.

© Sabine Arndt

© privat

Erin Lee lebt in Malaysia und studierte dort Grafikdesign. Im Laufe ihrer Karriere hat sie verschiedene Bereiche in Kunst und Design erkundet, aber sie fand ihre Berufung in der Illustration. Mit spielerischer Leichtigkeit stellt sie eine Verbindung zwischen ihrer Kunst, dem Buddhismus und dem Betrachter her.

Nicola Hernádi ist Asienwissenschaftlerin und betätigt sich als Fach-Übersetzerin, Autorin und Chefredakteurin. Darüber hinaus gibt sie Seminare in buddhistischer Philosophie und Meditation im Kringellocken Kloster Potsdam e.V. und andernorts.

© privat

© Sabine Arndt

Nicole Gehlen ist freiberufliche Grafikerin und Buchgestalterin. Als Mutter von zwei Töchtern ist es ihr wichtig, Kindern Werte zu vermitteln, die ihnen Halt im Leben und Vertrauen in sich selbst geben. Dem Buddhismus kam sie auf einer Nepalreise nahe.

Die Edition Kimonade, die im Worms-Verlag erscheint, möchte Kinder und erwachsene Mitleser mit der Welt des Buddha vertraut machen.
Die Philosophie des Buddhismus ist bodenständig und seine Ethik praxisnah und alltagstauglich. Die buddhistischen Methoden, mit denen Glück und Zufriedenheit erreicht werden können, sind für alle da – und lassen sich wunderbar durch Geschichten vermitteln. Bilder und Geschichten lassen uns eintauchen in fremde Welten. Sie geben Denkanstöße, eröffnen Möglichkeiten, anders zu handeln, und helfen, ethische Richtlinien nicht nur zu verstehen sondern aktiv zu leben.

Kinder auf diesem Weg zu begleiten ist uns ein Herzensanliegen!

www.kimonade.com

Das Geheimnis des Buddha
Andrea Liebers (Text)
Hardcover, 184 Seiten,
14 x 21 cm
ISBN 978-3-947884-54-4

Ein bärenstarker Geist
Andrea Liebers (Text)
Abdul Gugu (Illustrationen)
Hardcover, 88 Seiten, 26,6 x 22 cm
ISBN 978-3-947884-35-3